W0414782

# El dúo de la tos

# El dúo de la tos

## y otros relatos

**Leopoldo Alas «Clarín»**

*Biblioteca de* EL SOL

BIBLIOTECA DE **EL SOL**

*Editor:* Germán Sánchez Ruipérez

*Edición:* Juan Diego Pérez González
*Producción:* José Luis Navarro
*Diseño:* Rodrigo Sánchez

Cubierta: Rodrigo Sánchez, sobre dibujo de Carmen Trejo

*Equipo editorial:* Cristina Castrillo
Paloma Sánchez

ESTE LIBRO SE ENTREGA EXCLUSIVAMENTE JUNTO CON EL EJEMPLAR CORRESPONDIENTE DEL DIARIO EL SOL.
SE PROHIBE CUALQUIER OTRO TIPO DE COMERCIALIZACION SIN AUTORIZACION EXPRESA DE CECISA.

© Compañía Europea de Comunicación e Información, S.A., 1991.

ISBN: 84-7969-186-7
Depósito legal: M. 35.276-1991
Impreso por: Impresos y Revistas, S. A. (IMPRESA)
Herreros, 42. Polig. Ind. Los Angeles
GETAFE (Madrid)

# Leopoldo Alas «Clarín»

Leopoldo García-Alas y Ureña nació el 25 de abril de 1852 en Zamora, donde su padre era gobernador. «A mí me nacieron allí, pero más bien soy asturiano», diría el escritor años más tarde. Con ello señalaba la ascendencia asturiana de su familia y su predilección por aquella tierra, en la que se instala definitivamente en 1859. Allí descubre la ciudad de Oviedo y el paisaje de la finca familiar de Guimarán, con el que se fundirá su espíritu.

En 1863 inicia sus estudios de bachillerato. En estos años comienza ya a manifestarse su vocación literaria y periodística: escribe versos y comedias —las representa junto a sus amigos—, muestra una gran afición a la lectura, colabora en el semanario satírico madrileño Gil Blas y funda un periódico escrito a mano, Juan Ruiz, que redacta y prepara él solo. En 1868 es testigo en Oviedo de los sucesos revolucionarios de septiembre, que le dejarán una

profunda huella y le llevarán a militar en el partido republicano de Castelar. De 1869 a 1871 cursa los estudios de Derecho en la Universidad de Oviedo.
En 1871 se traslada a Madrid para doctorarse en Derecho y estudia Filosofía. Entra así en relación con el ambiente cultural y político de los años siguientes a la caída de Isabel II: el Ateneo, la Universidad, el teatro, los debates ideológicos y literarios. Con varios amigos asturianos participa en una tertulia a la que Ortega y Munilla bautizó, por su tono agrio e iconoclasta, con el nombre de «Bilis Club». Funda en 1872, también junto a sus amigos, el periódico satírico Rabagás. En la Universidad recibe el influjo del krausismo. De todos sus maestros, será el krausista Francisco Giner de los Ríos a quien recordará con mayor cariño y devoción. A este maestro, desposeído de su cátedra por sus posiciones liberales, le dedica su tesis doctoral, titulada El Derecho y la moralidad, que presenta en 1878. Frecuenta también el Ateneo, en cuyos debates intervendrá. En estos años juveniles, de ebullición ideológica, su fe entra en crisis.
En 1875 encontramos un artículo suyo, publicado en el diario El Solfeo, en que firma por vez primera con el seudónimo de Clarín. Sus relaciones con la prensa serán estrechas y constantes a lo largo de su vida.
En 1878 oposita a una cátedra de la Universidad de Salamanca. Aunque obtiene el número uno de la terna, el conde de Toreno, ministro de Fomento, elige a otro aspirante. En estos años publica su primera novela, Pipá (1879), así como sus primeros libros de crítica: Solos de Clarín (1881) y La literatura en 1881 (1882), éste en colaboración con Palacio Valdés. En

sus intervenciones en el Ateneo y en sus escritos inicia su defensa de la estética naturalista. En 1882, gobernando Sagasta, es nombrado catedrático de la Universidad de Zaragoza.
Ese mismo año contrae matrimonio con Onofre García Argüelles. La cojera que padecía su mujer, a causa de un tumor tuberculoso, no le impidió a Alas descubrir en ella hermosas cualidades, como vemos en el siguiente retrato: «Más dulce que salada en el mirar, rubia, pálida, delgada, de belleza recatada y escondida; una de esas bellezas que no deslumbran, pero que pueden ir entrándose alma adelante.» Al año siguiente, en 1883, consigue el traslado a la Universidad de Oviedo.
Instalado en Oviedo, continúa ejerciendo la labor crítica y publicando en numerosos periódicos. En 1885 sale a la luz pública La Regenta. Otras novelas publicadas posteriormente son Cuesta abajo (1890-1891), aparecida en forma de entregas en una revista, y Su único hijo (1891). A partir de 1892, año en el que algunos críticos sitúan una profunda crisis de Alas de la que se deriva un idealismo espiritualista, se publican la mayoría de sus libros de cuentos y relatos. En 1895, el estreno en Madrid de Teresa, ensayo dramático en un acto y en prosa, es un fracaso, al que contribuyen los enemigos que tiene Clarín como crítico independiente.
En sus últimos años su salud se resquebraja y desemboca en una prematura senilidad. En 1898, por su iniciativa, la Universidad crea la Extensión Universitaria, con el fin de llevar la cultura a los medios proletarios. A causa de una tuberculosis intestinal, muere el 13 de junio de 1901.

# El dúo de la tos

El gran hotel del *Aguila* tiende su enorme sombra sobre las aguas dormidas de la dársena. Es un inmenso caserón cuadrado, sin gracia, de cinco pisos, falansterio del azar, hospicio de viajeros, cooperación anónima de la indiferencia, negocio por acciones, dirección por contrata quc cambia a menudo, veinte criados que cada ocho días ya no son los mismos, docenas y docenas de huéspedes que no se conocen, que se miran sin verse, que siempre son *otros* y que cada cual toma por los de la víspera.

«Se está aquí más solo que en la calle, tan solo como en el desierto», piensa un *bulto,* un hombre envuelto en un amplio abrigo de verano, que chupa un cigarro apoyándose con ambos codos en el hierro frío de un balcón, en el tercer piso. En la oscuridad de la noche nublada, el fuego del tabaco brilla en aquella altura como un gusano de luz. A veces aquella chispa triste se mueve, se amortigua, desaparece, vuelve a brillar.

«Algún viajero que fuma», piensa otro *bulto*, dos

balcones más a la derecha, en el mismo piso. Y un pecho débil, de mujer, respira como suspirando, con un vago consuelo por el indeciso placer de aquella inesperada compañía en la soledad y la tristeza.

«Si me sintiera muy mal, de repente; si diera una voz para no morirme sola, ese que fuma ahí me oiría», sigue pensando la mujer, que aprieta contra un busto delicado, quebradizo, un chal de invierno, tupido, bien oliente.

«Hay un balcón por medio; luego es en el cuarto número 36. A la puerta, en el pasillo, esta madrugada, cuando tuve que levantarme a llamar a la camarera, que no oía el timbre, estaban unas botas de hombre elegante.»

De repente desapareció una claridad lejana, produciendo el efecto de un relámpago que se nota después que pasó.

«Se ha apagado el foco del Puntal», piensa con cierta pena el *bulto* del 36, que se siente así más solo en la noche. «Uno menos para velar; uno que se duerme.»

Los vapores de la dársena, las panzudas gabarras sujetas al muelle, al pie del hotel, parecen ahora sombras en la sombra. En la oscuridad el agua toma la palabra y brilla un poco, cual una aprensión óptica, como un dejo de luz desaparecida, en la retina, fosforescencia que padece ilusión de los nervios. En aquellas tinieblas, más dolorosas por no ser completas, parece que la idea de la luz, la imaginación recomponiendo las vagas formas, necesitan ayudar para que se vislumbre lo poco y muy confuso que se ve allá abajo. Las gabarras se mueven poco más que el minutero de un gran reloj; pero de tarde en tarde chocan, con tenue, triste, monótono rumor, acompañado del ruido de la marea que a lo lejos suena, como para imponer silencio, con voz de lechuza.

El pueblo, de comerciantes y bañistas, duerme; la casa duerme.

El *bulto* del 36 siente una angustia en la soledad del silencio y las sombras.

De pronto, como si fuera un formidable estallido, le hace temblar una tos seca, repetida tres veces como canto dulce de codorniz madrugadora, que suena a la derecha, dos balcones más allá. Mira el del 36, y percibe un bulto más negro que la oscuridad del ambiente, del matiz de las gabarras de abajo. «Tos de enfermo, tos de mujer.» Y el del 36 se estremece, se acuerda de sí mismo; había olvidado que estaba haciendo una gran calaverada, una locura. ¡Aquel cigarro! Aquella triste contemplación de la noche al aire libre. ¡Fúnebre orgía! Estaba prohibido el cigarro, estaba prohibido abrir el balcón a tal hora, a pesar de que corría agosto y no corría ni un solo soplo de brisa. «¡Adentro, adentro! ¡A la sepultura, a la cárcel horrible, al 36, a la cama, al nicho!»

Y el 36, sin pensar más en el 32, desapareció, cerró el balcón con triste rechino metálico, que hizo en el *bulto* de la derecha un efecto de melancolía análogo al que produjera antes en el bulto que fumaba la desaparición del foco eléctrico del Puntal.

«Sola del todo», pensó la mujer, que, aun tosiendo, seguía allí, mientras hubiera aquella *compañía*... compañía semejante a la que se hacen dos estrellas que nosotros vemos, desde aquí, juntas, gemelas, y que allá en lo infinito ni se ven ni se entienden.

Después de algunos minutos, perdida la esperanza de que *el 36* volviera al balcón, la mujer que tosía se retiró también; como un muerto que en forma de fuego fatuo respira la fragancia de la noche y se vuelve a la tierra.

Pasaron una, dos horas. De tarde en tarde hacia dentro, en las escaleras, en los pasillos, resonaban los pasos de un huésped trasnochador; por las rendijas de la puerta entraban en las lujosas celdas, horribles con un lujo uniforme y vulgar, rayos de luz que giraban y desaparecían.

Dos o tres relojes de la ciudad cantaron la hora; solemnes campanadas precedidas de la tropa ligera de los *cuartos*, menos lúgubres y significativos. También en la fonda hubo un reloj que repitió el alerta.

Pasó media hora más. También lo dijeron los relojes.

«Enterado, enterado», pensó el 36, ya entre sábanas; y se figuraba que la hora, sonando con aquella solemnidad, era como la firma de los pagarés que iba presentando a la vida su acreedor, la muerte. Ya no entraban huéspedes. A poco, todo debía dormir. Ya no había testigos; ya no podía salir la fiera; ya estaría a solas con su presa.

En efecto; en el 36 empezó a resonar, como bajo la bóveda de una cripta, una tos rápida, enérgica, que llevaba en sí misma el quejido ronco de la protesta.

«Era el reloj de la muerte», pensaba la víctima, el número 36, un hombre de treinta años, familiarizado con la desesperación, solo en el mundo, sin más compañía que los recuerdos del hogar paterno, perdidos allá en lontananzas de desgracias y errores, y una sentencia de muerte pegada al pecho, como una factura de viaje a *un bulto* en un ferrocarril.

Iba por el mundo, de pueblo en pueblo, como *bulto* perdido, buscando aire sano para un pecho enfermo; de posada en posada, peregrino del sepulcro, cada albergue que el azar le ofrecía le presentaba aspecto de hospital. Su vida era tristísima y nadie le tenía lástima. Ni en los folletines de los periódicos encontraba compasión. Ya había pasado el romanticismo que había tenido alguna consideración con los tísicos. El mundo ya no se pagaba de sensiblerías, o iban éstas por otra parte. Contra quien sentía envidia y cierto rencor sordo el número *36* era contra el proletariado, que se llevaba toda la lástima del público. —El pobre jornalero, ¡el pobre jornalero! —repetía, y nadie se acuerda del *pobre* tísico, del pobre condenado a muerte del que no han de hablar los periódicos. La muerte del prójimo, en no siendo digna de la agencia Fabra, ¡qué poco le importa al mundo!

Y tosía, tosía, en el silencio lúgubre de la fonda dormida, indiferente como el desierto. De pronto creyó oír como un eco lejano y tenue de su tos... Un eco... en tono menor. Era la del 32. En el 34 no había huésped aquella noche. Era un nicho vacío.

La del 32 tosía, en efecto; pero su tos era... ¿cómo se diría?, más poética, más dulce, más resignada. La tos del 36 protestaba; a veces rugía. La del 32 casi parecía un estribillo de una oración, un miserere; era una queja tímida, discreta, una tos que no quería despertar a nadie. El 36, en rigor, todavía no había aprendido a toser, como la mayor parte de los hombres sufren y mueren sin aprender a sufrir y a morir. El 32 tosía con arte; con ese arte del dolor antiguo, sufrido, sabio, que suele refugiarse en la mujer.

Llegó a notar el 36 que la tos le acompañaba como una hermana que vela; parecía toser para acompañarle.

Poco a poco, entre dormido y despierto, con un sueño un poco teñido de fiebre, el 36 fue transformando la tos del 32 en voz, en música, y le parecía entender lo que decía, como se entiende vagamente lo que la música dice.

La mujer del 32 tenía veinticinco años, era extranjera; había venido a España por hambre, en calidad de institutriz en una casa de la nobleza. La enfermedad la había hecho salir de aquel asilo; le habían dado bastante dinero para poder andar algún tiempo sola por el mundo, de fonda en fonda; pero la habían alejado de sus discípulas. *Naturalmente.* Se temía el contagio. No se quejaba. Pensó primero en volver a su patria. ¿Para qué? No la esperaba nadie; además, el clima de España era más benigno. Benigno, sin querer. A ella le parecía esto muy frío, el cielo azul muy triste, un desierto. Había subido hacia el norte, que se parecía un poco más a su patria. No hacía más que eso, cambiar de pueblo y toser. Esperaba locamente encontrar alguna ciudad o aldea en que la gente amase a los desconocidos enfermos.

La tos del 36 le dio lástima y le inspiró simpatía. Conoció pronto que era trágica también. «Estamos cantando un dúo», pensó; y hasta sintió cierta alarma del pudor, como si aquello fuera indiscreto, una cita en la noche. Tosió porque no pudo menos; pero bien se esforzó por contener el primer golpe de tos.

La del 32 también se quedó medio dormida, y con algo de fiebre; casi deliraba también; también *transportó* la tos del 36 al país de los ensueños, en que todos los ruidos tienen palabras. Su propia tos se le antojó menos dolorosa *apoyándose* en aquella *varonil* que la protegía contra las tinieblas, la soledad y el silencio. «Así se acompañarán las almas del purgatorio.» Por una asociación de ideas, natural en una institutriz, del purgatorio pasó al infierno, al del Dante, y vio a *Paolo* y *Francesca* abrazados en el aire, arrastrados por la *bufera infernal.*

La idea de la *pareja*, del amor, del *dúo*, surgió antes en el número 32 que en el 36.

La fiebre sugería en la institutriz cierto misticismo

erótico; ¡erótico!, no es ésta la palabra. ¡Eros!, el amor sano, pagano, ¿qué tiene aquí que ver? Pero, en fin, ello era amor, amor de matrimonio antiguo, pacífico, compañía en dolor, en la soledad del mundo. De modo que lo que en efecto le quería decir la tos del 32 al 36 no estaba muy lejos de ser lo mismo que el 36, delirando, venía como a adivinar.

«¿Eres joven? Yo también. ¿Estás solo en el mundo? Yo también. ¿Te horroriza la muerte en la soledad? También a mí. ¡Si nos conociéramos! ¡Si nos amáramos! Yo podría ser tu amparo, tu consuelo. ¿No conoces en mi modo de toser que soy buena, delicada, discreta, *casera,* que haría de la vida precaria un nido de pluma blanda y suave, para acercarnos juntos a la muerte, pensando en otra cosa, en el cariño? ¡Qué solo estás! ¡Qué sola estoy! ¡Cómo te cuidaría yo! ¡Cómo tú me protegerías! Somos dos piedras que caen al abismo, que chocan una vez al bajar y nada se dicen, ni se ven, ni se compadecen... ¿Por qué ha de ser así? ¿Por qué no hemos de levantarnos ahora, unir nuestro dolor, llorar juntos? Tal vez de la unión de dos llantos naciera una sonrisa. Mi alma lo pide; la tuya también. Y con todo, ya verás como ni te mueves ni me muevo.»

Y la enferma del 32 oía en la tos del 36 algo muy semejante a lo que el 36 deseaba y pensaba:

«Sí, allá voy; a mí me toca; es natural. Soy un enfermo, pero soy un galán, un caballero; sé mi deber; allá voy. Verás qué delicioso es, entre lágrimas, con perspectiva de muerte, ese amor que tú sólo conoces por libros y conjeturas. Allá voy, allá voy... si me deja la tos... ¡esta tos!... ¡Ayúdame, ampárame, consuélame! Tu mano sobre mi pecho, tu voz en mi oído, tu mirada en mis ojos...»

Amaneció. En estos tiempos, ni siquiera los tísicos son consecuentes románticos. El número 36 despertó, olvidado del sueño, del dúo de la tos.

El número 32 acaso no lo olvidara; pero ¿qué iba a hacer? Era sentimental la pobre enferma, pero no era loca, no era necia. No pensó ni un momento en buscar realidad que correspondiera a la ilusión de una noche, al vago consuelo de aquella compañía de la tos nocturna. Ella, eso sí, se había ofrecido de buena fe; y aun despierta, a la luz del día, ratificaba su intención; hubiera consagrado el resto, miserable resto de su vida, a *cuidar aquella tos de hombre*... ¿Quién sería? ¿Cómo sería? ¡Bah! Como tantos otros príncipes rusos del país de los ensueños. Procurar verle... ¿para qué?

Volvió la noche. La del 32 no oyó toser. Por varias tristes señales pudo convencerse de que en el 36 ya no dormía nadie. Estaba vacío como el 34.

En efecto: el enfermo del 36, sin recordar que el cambiar de postura sólo es cambiar de dolor, había huido de aquella fonda, en la cual había padecido tanto... como en las demás. A los pocos días dejaba también el pueblo. No paró hasta Panticosa, donde tuvo la última posada. No se sabe que jamás hubiera vuelto a acordarse de la tos del dúo.

La mujer vivió más: dos o tres años. Murió en un hospital, que prefirió a la fonda; murió entre hermanas de la Caridad, que algo la consolaron en la hora terrible. La buena psicología nos hace conjeturar que alguna noche, en sus tristes insomnios, echó de menos el dúo de la tos; pero no sería en los últimos momentos, que son tan solemnes. O acaso sí.

# Vario

Scribeis Vario fortis, et hostium Victor, Maeonii carminis aliti...

HORACIO, *Odas.*
L. I—VI *Ad Agrippam*

Lucio Vario, el poeta, a paso largo, como dejándose por su peso, bajaba por el *Clivus Capitolinus.* Quien le viera caminar tan de prisa pensaría que era algún hombre de negocios, que tal vez venía del templo de *Juno Moneta*, que dejaba atrás, a la izquierda; y sin pararse a contemplar ni a reverenciar las solemnes estatuas doradas de los doce dioses mayores, los *Dii consentes,* junto a cuyos pedestales pasaba, se dirigía al templo de Saturno, que a la derecha se le presentaba con su imponente mole. Mas no lo miró siquiera el poeta, como no miró a los dioses, y pasó adelante; nada tenían que ver con la preocupación que tan distraído le arrastraba cuesta abajo ni las potencias olímpicas ni los asuntos de la Tesorería. Allá enfrente, tras los muros de la cárcel *Tulliana*, el sol se escondía, y eso miraba Vario bajando. Moría el sol, y él se acordaba de Virgilio, aquel sol que se había puesto allá, en Brindis, y que no volvería a salir de su sepulcro del Pausilipo.

Tampoco reparó en *La Concordia*, que dejó a la izquierda, aunque miró a este lado; pero miró pensando en algo más lejano y más alto, en el *Tabulario,* que se erguía en la ladera del Capitolio, midiéndose con el monte. En el *Tabulario* pensaba, porque algo tenía que ver con sus ideas. Una sonrisa amarga, irónica, asomó a sus labios. Se detuvo. ¡El sol, el ocaso, Virgilio, el sepulcro, la gloria, el Tabulario, la eternidad, la nada! Todos estos pensamientos pasaron por su frente. Era el Tabulario depósito de archivos, precaución inútil de la soberbia romana para inmortalizar lo pasajero, lo deleznable. ¡Archivar!, ¡guardar! ¿Para qué? ¿Dónde estaba el archivo de las almas? Se guardaba el papiro, se guardaban los dypticos (duplios), los miltiplices, se guardaban *tabellae* y *pugillores*... llenaban con ellos armarios y *nidi*... y el poeta a la sepultura. ¡Ah! En vano era todo el artificio y la pompa fúnebre de *libitinarios, pollinctores, dissignatores, tibicines* y *praeficae*: en vano el aparato del *funus publicum,* de las *naeniae*, porque todo ello había de acabar en el *capulo* o en el *cestrino*, el sarcófago o la urna cineraria. Y después *Molliter cubent ossa*... buenas palabras... y el olvido. ¡El olvido! ¿El olvido también para el poeta? ¿Habrían hecho mal Tucca y él en desobedecer el mandato del poeta muerto, que pedía para su poema la hoguera, mientras ellos lo conservaban intacto para la inmortalidad?...

Corría septiembre, el mes en que pocos años antes habían enterrado a Virgilio..., y Roma, la Roma del *Foro,* del *Comitium*, la que bullía al pie de *Janus Bifrons*, la de los banqueros y negociantes, que olvidaban las *Tres Parcas* vecinas y se entregaban al agio con ardores dignos de la eternidad, no pensaba ya, ciertamente, en el cantor de Eneas. Alrededor de los *Janos qui sunt in regione Basilicae Pauli,* las abejas interesadas del negocio zumbaban rozándose con Vario sin verle. ¡Estaba vivo y ya no le veían! Siguió adelante; dio con su cuerpo, como si anduviese por máquina, llevado por el hábito, en *Janus Vicus,* y se encontró sin querer entre los suyos, en el vaivén de la vida literaria, en las tiendas de libros, donde, sentados o en pie, discutían los aficionados de las letras, mientras iban y venían los *litterati,* los esclavos copistas, llevando bajo el brazo sus notas tironianas, trípticos, polípticos, mostrando algunos todavía las manos manchadas del *atramentum librarium* en que mojaban el cálamo.

Vario, entre los suyos, sintió una invencible repugnancia. La vida efímera y apasionada de las letras le daba en aquel momento horror. —Juicios falsos, gustos nuevos, envidias, rencores; todo se revolvía allí con la febril ansiedad de lo pasajero; figurábase una lucha mortal y cruel a la luz de un relámpago. Relámpago era la vida, y aprovechaba su luz la pasión para herir, para saciarse matando el bien ajeno. Entre la multitud de rollos, brillando a los últimos rayos del sol poniente, *cornua* y *umbilici* de lujosos volúmenes, vio los rótulos de las obras del amigo muerto. «Bucólicas», «Geórgicas», «Eneida»; y vio a los propios hijos, los de su ingenio, entre ellos, el «Panegírico de Augusto» y su famosa tragedia «Thyestes»... Pero estaban en los estantes, en los *nidi,* como enterrados en vida—. Sintió un escalofrío; se le figuraron sus obras metidas en los nichos del librero cosas, muertas ya, de su propio ser, algo de su alma enterrado. El pergamino, el papiro, las tablas enceradas morían también. En la librería estaban de cuerpo presente, después en las bibliotecas tenían su sarcófago. El Tabularium, ¿qué era más que un panteón?

Sin hablar con nadie, desdeñando la locuela de parásitos y poetas neófitos que le sonreían y saludaban, tomó por la vía sacra, a la derecha; dejó a la izquierda la Basílica Porcia y parándose, vuelta la espalda a la Curia Hostilia, contempló en silencio y con desprecio el Foro que tenían enfrente, el Foro también callado en aquellas horas; pero en su imaginación todavía hirviente con el rumor de los espumarajos de la calumnia y la mentira... Allí la retórica se empleaba en el mal, en el daño, más francamente que en el libro. Los *Rostros*, desiertos, parecían restos de un naufragio en el mar de las pasiones curialescas y políticas... ¡Cuánta ira!, ¡cuánto engaño habían brotado de allí... y cuánta sangre! Ultimamente, ¡la sangre de César! César, su héroe, el de su poema. Como para salvar aquella imagen, para que no se la matasen allí, para que no le ahogasen la fantasía y el corazón aquellas ideales emanaciones de sangre y odio, que le parecía sentir exhalándose del Foro, Vario huyó, tuvo que buscar un poco de aire más puro, y subió la cuesta del Palatino, dejando a la izquierda el templo que habitaban las Vestales.

Pero no se ahogaba sólo en el Foro; se ahogaba en toda Roma: por su espíritu pasaban ráfagas, como venidas de Oriente, de aquellas que sentimos que a veces mueven, como las brisas las mieses, los versos de Virgilio, ráfagas de espiritual anhelo, de piadosa contemplación de lo futuro. Vario, el poeta de los terríficos festines de los Polópidas, el complaciente cantor cortesano de Augusto, sentía como una esclavitud su vida romana, y sin saber lo que era, buscaba un más allá, algo nuevo, más puro, más libre; más noble; y debía de estar allá, hacia el Oriente... También el dulce amigo, el cisne mantuano, había sentido al llegar la muerte el ansia de volver los ojos a Oriente, de atravesar el mar, de tocar el suelo de aquella Grecia, maestra de las almas.

«¡Al mar, al mar oriental!», se dijo Vario. Y en un instante trazó en su mente el itinerario del viaje imaginado. Primero a Nápoles, a despedirse de la sepultura del Pausilipo; después a Brindis... y de allí a las ondas, a surcar en la nave «Liburna» las aguas inmortalizadas por Homero y por Virgilio.

Al día siguiente, de madrugada, Vario salía de Roma, y dejando a la izquierda, lejos, el Esquilino; y más cerca, a la derecha, el Palatino y el Celio, comenzó a atravesar el Lacio, la tierra del dios escondido, a lo largo de la Vía Campaniense. Llegó a Nápoles, visitó el sepulcro de Virgilio, meditó sobre aquellas piedras, y a los pocos días emprendía el camino de Brindis; pasó por Venusia, célebre también en la historia de la poesía, cruzó la antigua misteriosa tierra de los Yapigios, tal vez hijos del Oriente, y entró en el pueblo donde el poeta había visto por última vez la luz. Una angosta nave *oneraria* le recogió en el puerto de Brindis, y, no sin cierta melancolía, dejó la tierra de Italia, que salía como a despedirle con las islas artificiales del puerto, coronadas de templos y estatuas, rodeadas de altos muros y extendiendo mar adelante un dique de arcos, bajo cuyas bóvedas jugaba la luz con las aguas bulliciosas.

En pie, sobre el puente, Vario, a solas, contemplaba allá en el horizonte la línea brumosa que señalaba la tierra. Al norte, las costas de Iliria; más abajo, Caonia, Epiro. En aquella dirección, tras de las alturas *Molosas,* adivinaba el Pindo.

Caía la tarde, cuando, dejando atrás las costas de Corcira, la nave llegaba frente al promontorio de la Quimera... Vario, a la luz del crepúsculo, escribía con rápido estilo, rasgando sin ruido la tenue capa de cera sobre el pulido abeto... La cercana tierra sagrada de las musas le infundía una inspiración febril; quería aprovechar la ráfaga, abriendo las velas de la fantasía al soplo de los ensueños poéticos... pero trabajaba en un poema que se llamaba «La Muerte...». La nave volaba, ¡oh fatalidad simbólica!, con la proa enfrente de la embocadura del Aqueron, que, muy cercano, dejaba al mar el tributo de sus aguas. Enfrente el Aqueron, el río de los muertos; más cerca, a babor, ¡la Quimera...!

No creía Vario en la Mitología, que llenaba de nombres y de imágenes sus versos; pero si no como filósofo, como artista, en su corazón y en fantasía, era pagano. Era, además, de cierta manera, supersticioso, vagamente, burlándose en principio de la superstición, pero débil ante ella como ante un vicio de la inteligencia. Había presenciado el festín en que Augusto, a pesar del celo con que procuraba restaurar la religión oficial, el frío culto romano, había parodiado los festines de los doce dioses mayores del Olimpo. Había sonreído oyendo a Horacio decir: «Que crea en todo eso el judío Apela, bien está; pero yo sé a qué atenerme respecto a los dioses.» —El, como Roma entera, seguía una tendencia que se suele notar en Occidente cuando la religión propia decae, cuando reina el escepticismo y la negación; una reacción oriental: el misticismo teosófico, las extrañas creencias de los misterios y magias de Oriente llenaban los espíritus que abandonaban al olvido los dioses penates y el culto de Vesta, que ya no encontraba sacerdotisas—. No creía Vario en nada positivamente; pero cualquier prestigio, una alucinación, una superchería, encontrarían su razón débil y dócil al encanto. Augusto mismo, que perseguía a Mithra y a Cibeles, a Isis y Serapis, temía el rayo y el vuelo del águila, y calzaba por precaución primero el pie derecho que el izquierdo. Y Augusto era dios. ¿Qué haría Vario, su sacerdote, su poeta?

«La Quimera» estaba enfrente, Grecia era la cercana orilla, el Aqueron mezclaba con las ondas que surcaba la nave «Liburna» sus propias aguas tristes, mezcladas antes con las del Cocyto... ¿Qué más? ¡Todo era símbolo de muerte, de ultratumba de las sombras de allá abajo...! El, Vario, venía de Nápoles y había pasado cerca del *Averno,* el lago funesto que no cruzaban las aves, y a cuya orilla hablaba en su caverna la sibila de Cumas... Todo era prestigio, signo siniestro... todo hablaba de muerte... Y Vario recordó el origen de su viaje; aquel mal humor que le había sobrecogido bajando por el *Clivus Capitolinus* y que le había hecho aborrecer la vida efímera, bulliciosa, por breve y sin sustancia, y huir de Roma. Y aún le duraba el ansia de inmortalidad, el anhelo de idealidad eterna...

Sus versos, que hablaban de la muerte también, iban arando la cera con paso bien medido del estilo silencioso y sutil... De pronto, como sintiendo sobre el cráneo el peso magnético de miradas intensas, alzó la cabeza Vario y vio enfrente de sí... las sirenas de Ulises; las mujeres aladas, ninfas tristes de voz suave, divinidades de rapiña, almas de buitre en rostros de hermosura siniestra, macilenta en su plástica corrección de facciones. Rodeaban las sirenas la nave, y arrastrando las alas sobre las olas seguían su marcha; dormía la tripulación; Vario, a solas con el encanto, los oídos abiertos, las manos sin ligaduras, oyó el canto de las sirenas que le llamaba a la muerte.

Y decía el coro:

«Lucio Vario, ¿por qué trabajas en vano? Trabajas para la muerte, trabajas para el olvido. Deja el arte, deja la vida, muere. Oye tu destino, el de tu alma, el de tus versos... Serás olvidado, se perderán tus libros. Tu suerte será la de tantos otros genios sublimes de esto que llamará pronto la *antigüedad,* el mundo. Dentro de poco un sabio pedante pretenderá saber todo lo que supo y pensó y soñó la antigüedad clásica. Llamarán lo *clásico* a lo escogido por la suerte para salvarlo del naufragio universal... por algún tiempo. Tú no serás grande para la posteridad porque se perderán tus obras; los ratones, la humedad, la barbarie de los siglos, y otros cien elementos semejantes, serán tus críticos, tus Zoilos, acabarán contigo, y la pereza del mundo tendrá un gran pretexto para no admirarte: no conocerte. En vano hoy la fama lleva tu nombre a las nubes; en vano Virgilio te admira, y lo dice; su testimonio se atribuirá a la amistad y a la dulzura; en vano Horacio hablará de tu vuelo Aquilino en la región de la poesía épica; los pedantes del porvenir dirán que alabándote a ti alababan a Augusto, de quien fuiste el cantor cortesano; en vano vendrá dentro de poco un hombre severo, leal, noble, que se llamará Tácito, y elogiará tu famoso «Thyestes»; la posteridad no creerá en ti, no sabrá de ti. Perteneces al naufragio. Como tú, cientos y cientos de ingenios ilustres de esta tierra griega que buscas y de esa tierra itálica que dejas perecerán por el fuego, por la dispersión, por el polvo, por la sangre, por la barbarie y la ruina... y por la descomposición de la materia... Llegarán tiempos de escasez para el papiro egipcio, las *membranas* serán caras, faltará superficie duradera en que escribir; y sobre las mismas páginas que contengan las lecciones de vuestra sabiduría, vuestros ideales, vuestros sueños, vendrán otros hombres a escribir otra ciencia y otros errores, otros sueños, otras supersticiones, otras esperanzas, otros lamentos. Con tu tragedia de Thyestes naufragarán las tragedias de los trescientos cincuenta trágicos griegos, y la humanidad dirá que sólo hubo tres grandes trágicos en Grecia, los que se salvaron; pero aun de éstos perecerá casi todo. De los seiscientos historiadores helénicos, quedarán bien pocos. Y en tu tierra la misma suerte. Contigo perecerán Galo, Polion, Calvo y los venerables antecesores Ennio, Mevio, y Cinna, y Varron de Narbona... Y todo el coro de la tragedia latina... Todavía ayer en Roma contemplabas el Tabulario con envidia... ¡Los archivos! ¡Ellos perecerán! Serán polvo, después del aire, nada. Visitaste el *Vicus sandalarius,* refugio de libros nuevos y viejos... El *Vicus* y los libros serán ruina, polvo, viento. En vano habrá sido el afán de Pomponio Atico por acaparar copias y ediciones... En vano crecerá este prurito de almacenar volúmenes; Sanmonico Sereno; ¡cuán ufano se mostrará con su biblioteca de sesenta y dos mil tomos! Roma llegará a tener veintinueve bibliotecas públicas... Un poco de polvo del desierto que se detiene un punto a engañar a la vanidad y a la curiosidad humana en forma caprichosa; seguirá soplando el viento del olvido, y el polvo volverá a cruzar el desierto... Vario, adelántate a la muerte, sé tú el olvido. No escribas, muere.»

«Muere, muere, no escribas más», repitió el coro. Vario se estremeció; pasó la mano por los ojos; sacudió el delirio, bebió con anhelo el aliento de la brisa fresca de la tarde, y a la última luz del crepúsculo siguió trazando sus versos, arando la cera con el estilo silencioso y sutil que caminaba con medida.

Creyó la profecía; sintió sus versos hundidos en la nada del olvido, pero la inspiración siguió alumbrando en su cerebro, más fuerte, más libre. Vario respiró con fuerza; su alma sacudía una cadena que caía rota a los pies del viajero: la cadena del tiempo, la cadena de la gloria, la cadena del vil interés egoísta... «Ah, todo era polvo, lo decían los hexámetros de Vario a la muerte: todo era nada, todo pasaba, todo caía en el olvido... pero la brisa era saludable; y graciosamente meciendo el espíritu, el metro rítmico refrigeraba el alma; el sol del ocaso era sublime en su tristeza de rosa y oro; los colores del mar encanto de los ojos; la paz de las ondas parecía una música *silenciosa*... y Vario, que el mundo no conocería, mientras vivía, era poeta!»

# La imperfecta casada

Mariquita Varela, casta esposa de Fernando Osorio, notaba que de algún tiempo a aquella parte se iba haciendo una sabia sin haber puesto en ello empeño, ni pensando en sacarle jugo de ninguna especie a la sabiduría. Era el caso que, desde que los chicos mayores, Fernandito y Mariano, se habían hecho unos hombrecitos y se acostaban solos y pasaban gran parte del día en el colegio, a ella le sobraba mucho tiempo, después de cumplir todos sus deberes, para aburrirse de lo lindo; y por no estarse mano sobre mano, pensando mal del marido ausente, sólo ocupada en acusarle y perdonarle, todo en la pura fantasía, había dado en el prurito de leer y más leer, cosa en ella tan nueva, que al principio le hacia gracia por lo rara.

Leía cualquier cosa. Primero la emprendió con la librería del oficio de su esposo, que era médico; pero pronto se cansó del espanto, de los horrores que consiente el padecer humano, y mucho más de los escándalos técnicos, muchos de ellos pintados a lo vivo en grandes láminas de que la biblioteca de Osorio era rico museo...

Tomó por otro lado, y leyó literatura, moral, filosofía, y vino a comprender, como en resumen, que del mucho leer se sacaba una vaga tristeza entre voluptuosa y resignada; pero algo que era menos horroroso que la contemplación de los dolores humanos, materiales, de los libros de médicos.

Llegó a encontrar repetidas muestras de literatura cristiana, edificante, y allí se detuvo con ahínco y empezó a tomar en serio la lectura, porque comenzó a ver en ella algo útil y que servía para su estado; para su estado de mujer que fue hermosa, alegre, obsequiada, amada, feliz, y que empieza a ver en lontananza la vejez desgraciada, las arrugas, las canas y la melancólica muerte del sexo en su eficacia. Lejos todavía estaba este horror, pero mal síntoma era el ir pensando tanto en aquello. Pues sus lecturas morales, religiosas, la ayudaban no poco a conformarse. Pero le sucedió lo que siempre sucede en tales casos: que fue más dichosa mientras fue neófita y conservó la vanidad pueril de creerse buena, nada más que porque tenía buenos pensamientos, excelentes propósitos y porque prefería aquellas lecturas y meditaciones honradas; y fue menos dichosa cuando empezó a vislumbrar en qué consistía la perfección sin engaños, sin vanidades, sin confianza loca en el propio mérito. Entonces, al ver tan lejos (¡oh, mucho más lejos que la vejez con sus miserias!), tan lejos la virtud verdadera, el mérito real sin ilusión, se sintió el alma llena de amargura, en una soledad de hielo,

sin mí, sin vos y sin Dios

como decía Lope; sin mí, sin ella misma, porque no se apreciaba, se desconocía, desconfiaba de su vanidad, de su egoísmo; sin *vos,* es decir, sin su marido, porque ¡ay! el amor, el amor de los amores, había volado tiempo hacía; y sin Dios, porque Dios está sólo donde está la virtud real, positiva, no estaba en ella. Valor se necesitaba para seguir sondando aquel abismo de su alma, en que al cabo de tanto esfuerzo de humildad, de perdón de las injurias, de amor a la cruz del matrimonio, que llevaba ella sola, se encontraba con que todo era presunción, romanticismo disfrazado de piedad, histerismo, sugestión de sus soledades, paliativos para conllevar la ausencia del esposo, distraído allá en el mundo... El mérito real, la virtud cierta, estaban lejos, mucho más lejos.

Y estas amarguras de tener que despreciarse a sí misma, si no por mala, por poco buena, era el único solaz que podía permitirse, al que apelaba sin falta, cuando cumplidos todos sus deberes ordinarios, vulgares, fáciles, como pensaba ahora, aunque sintiéndolos difíciles, se quedaba sola, velando junto al quinqué, esperando al buen Osorio, quc, allá, muy tarde, volvía con los ojos encendidos y vagamente soñadores, con las mejillas coloradas, amable, jovial, pródigo de besos en la nuca y en la frente de su eterna compañera, besos que, según las aprensiones, los instintos de ella, daban los labios allí y el alma en otra parte, muy lejos.

Y una noche leía Mariquita la *Perfecta casada,* del sublime Fray Luis de León; y leía, poniéndose roja de vergüenza, mientras el corazón se le quedaba frío: «... *Así, por la misma razón, no trata aquí Dios con la casada que sea honesta y fiel, porque no quiere que le pase aún por la imaginación que es posible ser mala.*

*Porque, si va a decir la verdad, ramo de deshonestidad es en la mujer casta el pensar que puede no serlo, o que en serlo hace algo que le debe ser agradecido.»*

Y como si Fray Luis hubiera escrito para ella sola, y en aquel mismo instante, y no escribiendo, sino hablándole al oído, Mariquita se sintió tan avergonzada que hundió el rostro en las manos, y sintió en la nuca, no un beso *in partibus* de su esposo, sino el aliento del agustino que, con palabras del Espíritu Santo, le quemaba el cerebro a través del cráneo.

Quiso tener valor, en penitencia, y siguió leyendo, y hasta llegó donde poco después dice: *«Y cierto, como el que se pone en el camino de Santiago, aunque a Santiago no llegue, ya le llaman romero, así, sin duda, es principiada ramera la que se toma licencia para tratar de estas cosas, que son el camino.»*

Y, siempre con las manos apretadas a la cabeza, la de Osorio se quedó meditando:

«¡Yo ramera principiada y por aquello mismo que, si ahora siento como dolor de la conciencia que me remuerde, siempre tomé por prueba dura, por mérito de mi martirio, por cáliz amargo.»

Por el recuerdo de Mariquita pasó, en una serie de cuadros tristes, de ceniciento gris, su historia, la más cercana, la de esposa respetada, querida sin ilusión, sola en suma, y apartada del mundo casi siempre.

Casi siempre, porque de tarde en tarde volvía a él, por días, por horas. Primero había sido completo alejamiento; la batalla maternal: el embarazo, el parto, la lactancia, los cuidados, los temores y las vigilias junto a la cuna; y vuelta a empezar: el embarazo, cada vez más temido, con menos fuerzas y más presentimientos de terror; el parto, la lucha con la nodriza que vence, porque la debilidad rinde a la madre; más vigilias, más cuidados, más temores... y el marido que empieza a desertar en quien se disipa algo que parece nada, y en nada menos que el amor, el amor de amores, ilusión de toda la vida de la esposa, su único idilio, la sola voluptuosidad lícita, siempre moderada.

Como un rayo de sol de primavera, con el descanso de la maternidad viene el resucitar de la mujer, que sigue el imán de la admiración ajena a ráfagas de coquetería... así como panteística, tan sutiles y universales, que son alegría, placer, sin parecer pecado. Lo que se desea es ir a mirarse en los ojos del mundo como en un espejo.

La ocasión de volver al teatro, al baile, al banquete, al paseo, la ofrece el mismo esposo, que siente remordimientos, que no quiere *extremar las cosas,* y se empeña —se empeña, vamos— en que su mujercita, ¡qué diablo!, vuelva a orearse, vuelva al mundo, se distraiga honestamente. Y volvía Mariquita al mundo; pero... el mundo era otro. Por de pronto, ella no sabía vestirse; lo que se llama vestirse. Sin saber por qué, como si fueran escandalosas, prescindía de sus alhajas; no se atrevía a ceñirse la ropa, ni tampoco a despojarse de la mucha interior que ahora gasta, para librarse de achaques que sus maternidades trajeran con amenazas de males mayores. Además comprende que ha perdido la brújula en materia de modas. Un secreto instinto le dice que debe procurar parecer modesta, pasar como una de tantas, de esas que llenan los teatros, los bailes, sin que en rigor se las vea. Al llegar cierta hora, en la alta noche, sin pensar en remediarlo, bosteza; y la fiesta es cosa de música o drama sentimental, al llegar a lo patético se acuerda de sus hijos, de aquellas cabezas rubias que descansarán sobre la almohada, a la tibia luz de una lamparilla, solos, sin la madre. ¡Mal pecado! ¡Qué remordimiento! ¿Y todo para qué? Para permitirse la poca simpática curiosidad de olfatear amores ajenos, de espiar miradas, de contemplar los triunfos de las hermosas que hoy brillan como ella brillaba en otro tiempo... ¡Qué bostezos! ¡Qué remordimiento!

Con el recuerdo nada halagüeño de las impresiones de noches tales, Mariquita se revolvió a no volver al mundo, y por mucho cumplió su palabra. En vano, marrullero, quería su esposo obligarla al sacrificio; no salía de casa.

Pero pasaban los años, los chicos crecían, el último parto ya estaba lejos, la edad traía ciertas carnes, equilibrio fisiológico que era salud, sangre buena y abundante; y la primavera de las entrañas retozaba, saliendo a la superficie en reminiscencias de vaga coquetería, en *saudades* de antiguas ilusiones, de inocentes devaneos y del amor serio, triunfador, pero también muerto, de su marido.

Mariquita recordaba ahora, leyendo a Fray Luis, sus noches de tal época. Llegaba tarde al espectáculo, porque la prole la retenía, y porque el tocado se hacía interminable por la falta de costumbre y por la ineficacia de los ensayos para encontrar en el espejo, a fuerza de desmañados recursos cosméticos, la Mariquita de otros días, la que había tenido muchos adoradores.

¡Sus adoradores de antaño! Aquí entraba el remordimiento, que ahora lo era, y antes, al pasar por ello, había sido desencanto glacial, amargura íntima, vergonzante... Acá y allá, por butacas y palcos, estaban algunos de aquellos adoradores pretéritos... menos envejecidos que ella, porque ellos no criaban chicos, ni se encerraban en casa años y años. ¡Por aquellos ilustres y elegantes *gallos* no pasaba el tiempo!... Ahora... adoraban también, por lo visto; pero a otras, a las jóvenes *nuevas*; constantes sólo, los muy pícaros, en admirar y amar la juventud. Celos póstumos, lucha por la existencia de la ilusión, por la existencia del instinto sexual, la habían hecho intentar... locuras; ensayar en aquellos amantes platónicos de otros días el influjo poderoso que en ellos ejercieran sus miradas, su sonrisa... Miró como antaño; no faltó quien echara de ver la provocación, quien participara en la melancolía y dulce reminiscencia... Entonces Mariquita (esto no podía verlo ella) se había reanimado, había rejuvenecido; sus ojos, amortiguados por la vigilia al pie de la cuna, habían recobrado el brillo de la pasión, de la vanidad satisfecha, de la coquetería inspirada... ¡Ráfagas pasajeras! Pronto aquellos adoradores pretéritos daban a entender, sin quererlo, distraídos, que no cabía galvanizar el amor. Lo pasado, pasado. Volvían a su adoración presente, a la contemplación de la juventud, siempre *nueva;* y allá, Mariquita, la antigua reina de aquellos corazones, recogía de tarde en tarde miradas *de sobra,* casi compasivas, tal vez falsas, en su expresión. ¡Qué horror, qué vergüenza! ¡Por tan miserable limosna de idealidad amorosa, aquellos desengaños bochornosos! Y aturdida, helada, había dejado de presumir, de sonsacar miradas, ¡es claro!, por orgullo, por dignidad. ¡Pero el dolor aquel, pensaba ahora, leyendo a Fray Luis, el dolor de aquel desengaño... era todo un adulterio!

¡Cuánto pecado, y sin ningún placer! El desencanto en forma de crimen. El amor propio humillado y el remordimiento por costas. ¡Y ella, que había ofrecido a Dios, en rescate de otras culpas ordinarias, veniales, aquellas derrotas de su vanidad, de algo mejor que la vanidad, del sentimiento puro de gozar con el holocausto del cariño!

Sí; había andado, con mal oculta delicia, aquellos pocos pasos en *el camino de Santiago*... luego *romero*... ramera, ¡oh, no, ramera no! Eso era algo fuerte, y que perdonara el seráfico poeta... Pero, si criminal *del todo* no, lo que es buena, tampoco. Ni buena, ni tan mala, ¡y padeciendo tanto! Sufría infinito, y no era perfecta. No podían amarla ni Dios, ni su marido. El marido por cansado, Dios por ofendido.

Y pensaba la infeliz, mientras velaba esperando al esposo ausente, tal vez en una orgía:

—¡Dios mío! ¡Dios mío! La verdadera virtud está tan alta, el cielo tan arriba, que a veces me parecen soñados, ilusorios por lo inasequibles.

# Un grabado

Asistía yo a la cátedra de aquel profesor de filosofía, con un profundo interés que no me inspiraban las lecciones de tantos y tantos ilustres maestros que en la misma Universidad, Babilonia científica, exponían con entusiasmo y fuego de convicción, unos, de soberbia, también convencida, otros, la multitud de sistemas, la inmensa variedad de teorías modernas que se disputan hoy el imperio del pensamiento. La gran ola positivista, la ciencia de los *petits faits* de Taine, predominaba; por cada curso de filosofía pura, había cuatro o cinco de historia crítica de la filosofía, y veinte de psicología fisiológica con estos o los otros nombres.

El doctor Glauben explicaba metafísica, y con todo el aparato metódico de las modernísimas tendencias, empleaba el curso en preparar a los discípulos para comprender que había un Padre celestial. Esta idea, que en un salón del gran mundo, o en el seno de la familia admitirían la mayor parte de los profesores y de los estudiantes, era, en una cátedra de filosofía en una de las Universidades más ilustres del país más sabio, una verdadera originalidad que hubiera costado su fama de profundo pensador y muy experto hombre científico al doctor Glauben, si los argumentos que en pro de su atrevida afirmación rotunda exponía fuesen determinadamente los de cualquiera de las clásicas escuelas deístas, que decididamente estaban fuera del *movimiento*.

Pero lejos de considerar a Glauben como anticuado, estudiantes y profesores asistían a su cátedra, o leían sus artículos, con atención, con profundo interés; y más bien se caía al principio en la tentación de tacharle de amanerado, de demasiado innovador y revolucionario en filosofía, de amigo de encontrar caminos sin huellas; esto al principio, porque a las pocas conferencias se advertía que Glauben era todo sinceridad, que tenía en la cabeza un corazón, y que buscando con rigurosa lógica aquella idea de paternidad celestial, como explicación única racional del mundo exponía la historia de su amor, el supremo anhelo de su existencia.

Sus armas de combate eran de la fabricación más moderna, luchaba con los más recientes adalides del positivismo discreto atenuado, con el mismo género de discurso y de fuentes auxiliares que ellos. Todos reconocían que no había sabio en el país que pusiera el pie delante a Glauben en punto a ciencia contemporánea; era sociólogo, fisiólogo, psicólogo, naturalista, matemático, lógico, lingüista; estaba al tanto de los últimos descubrimientos; manejaba los *petits faits* como el primero; estaba de vuelta de todas las grandes ilusiones del idealismo genial que un día predominara en su patria; planteaba la cuestión como podía hacerlo un Wundt, un Spencer... y concluía como un San Francisco de Asís, como un Bossuet, como un Crisóstomo. «Había Dios, Dios Padre; era una locura infinita, que había de parecer imposible a las edades futuras, la negación del *Padre nuestro* que estaba en los cielos, es decir, en lo infinito, en lo absoluto.»

«Lejos de haber pasado la humanidad de la edad teológica a la filosófica y de ésta a la positiva, estaba, por lo que toca a la ciencia, en un período de embrionarios esfuerzos, muy parecidos a la vida de los salvajes en las relaciones extracientíficas, período que era como especie de caos intelectual, del cual no se sabe cuándo se saldría, para aproximarse poco a poco a la edad teológica, la definitiva.»

«Como la ciencia busca la verdad sabida, no sólo creída, para ella no supondrá menos progreso, menos trabajo realizado el que su última solución sea cosa tan llana para la fe sencilla y vulgar de gran parte de los pueblos. Es indiferente, para el progreso científico, para la demostración de su gran fuerza, que sus conclusiones respecto del misterio del mundo sean éstas o las otras; la calidad de la afirmación es cosa extracientífica, lo que importa es el modo de la afirmación; que sea A o que sea B la verdad, no le importa a la ciencia; lo que le importa es saber que es verdad y poder demostrarlo. Puede haber Dios, puede no haberlo; la ciencia, por mucho que progrese, no puede llegar, en este punto, más que a una de esas dos conclusiones. Así, no es extraño que tan lejano período de luz científica, tan lejano que no se vislumbra todavía, por lo que toca al asunto de su afirmación, no sea cosa más nueva que ésta: que *nuestro Padre* está en los cielos.»

A los pocos días de asistir a la cátedra de Glauben perdía, el que lo tuviera, el hábito de la preocupación de lo contemporáneo como superior a lo antiguo, el hábito de inclinarse a la *moda* en historia; las más recientes hipótesis que los demás profesores exponían como deslumbrantes novedades, las analizaba Glauben con fría imparcialidad, las comparaba y barajaba con las teorías viejas, y a poco aparecían con la pátina de lo caduco, de lo transitorio; tenía una rara, habilidad, nada maliciosa, para borrar el prestigio del barniz reciente en las doctrinas que sometía a examen. Y con todo no ofendía a nadie; muchas veces le oían los mismos inventores de las teorías que sometía a aquel *baño histórico* y no podrían sentirse mortificados, porque no despreciaba nada; lo antiguo, lo moderno, todo era pensamiento, nobleza de alma.

Glauben era alto, delgado y pálido; como de unos cincuenta años, con cabellera ondeada, negra, sin una cana, de hebras sedosas, tenues, dóciles a la mano fina y aristocrática que solía acariciarlas, como si sintiese bajo ellas el palpitar de las ideas. Mientras acariciaba la melena con la mano, apoyaba el codo en la mesa y la cabeza en la palma de la mano, cuyos dedos jugaban con la seda negra del cabello dócil. Sonreía casi constantemente, con cara dolorosa, melancólica. Sus ojos, paseándose distraídos en miradas que nada buscaban fuera, a veces, al menor ruido hacia la puerta del aula, se mostraban asustados. Si entraba un discípulo algo tarde, suspendía Glauben la plática, le miraba como inquieto, sin respirar, y después que el estudiante pasaba delante de él y buscaba su asiento, Glauben respiraba tranquilo, volvía a sonreír y a proseguir de nuevo el suspendido discurso. Aunque allí, al dar un reloj de la casa la hora señalada para terminar la conferencia, los estudiantes se daban por enterados, sin necesidad de que avisara un bedel, y el profesor daba en seguida por terminada la clase; Glauben, por excepción, porque no podía vencer las distracciones del discurso y olvidaba el tiempo, había ordenado que un dependiente anunciase *la hora*. Pero cada vez que se cumplía esta ceremonia, Glauben miraba al galoneado ujier inquieto, en silencio y como temeroso de que tuviese algo particular que decirle. *«La hora»*, exclamaba el buen hombre inclinándose. Y Glauben, respirando con fuerza y sonriendo, decía a su gente: «Hasta mañana.»

Después de mucho tiempo de oírle, cuando ya asistía yo a un segundo curso de su filosofía, entablé con él relaciones de amistad privada. Le conocí en su casa. Era viudo; tenía tres hijos, dos niñas y un niño; la niña mayor de nueve años, el niño de cinco, la menor de tres. Salía muy poco. Si paseaba con sus hijos, se retiraba temprano, porque miraba la frescura del crepúsculo, la puesta del sol como una asechanza del enemigo a la salud de su prole. La sombra, el frío, la humedad le espantaban. Si salía solo, volvía pronto a casa también, subía de prisa la escalera hasta su cuarto piso, llamaba a la puerta con fuerza, y pálido, con los ojos inquietos, se apresuraba a preguntar, mientras le abrían: «¿Qué tal todos?» «Bien, bien», le contestaban. Y Glauben volvía a sonreír, y a su buen color; y entraba tranquilo en su hogar, como en un cielo.

Si fuera de casa se le detenía demasiado tiempo en la cátedra, en el Círculo, en una junta universitaria, empezaba a mostrarse inquieto, y acababa por no poder resistir a la tentación de volverse corriendo a casa.

No viajaba. Era gran partidario de que el hombre de ciencia corriera mucho mundo, conociera muchas gentes, costumbres, ideas, etc., pero él no se movía. Envidiaba a los representantes que iban a los congresos científicos, pero él jamás aceptaba tales comisiones.

Un día, cuando ya teníamos mucha confianza, me atreví a preguntarle por qué no salía nunca del pueblo y por qué paraba tan poco fuera de casa. Me quería mucho, y creía en mi entusiasmo por su persona y por su doctrina. Me miró con maliciosa dulzura, sonrió de un modo nuevo para mí, y después de pasarse una mano por la frente, le vi otra cara, menos alegre, como acongojada, pero muy franca, muy dispuesta a una confidencia íntima.

—Yo tengo... —dijo—, yo tengo una especie de enfermedad... ¡Cuidado! No hay que decirles nada a nuestros amigos los de la patología psicológica... no quiero que me clasifiquen y me saquen en sus clínicas impresas como voto involuntario, y de calidad, en favor de sus hipótesis. Pero la verdad es que soy un *caso*. Mi enfermedad tiene una historia de origen bien claro, bien determinado. Nació o, por lo menos, brotó al exterior, de repente, en una crisis.

Glauben calló un momento. Parecía que dudaba si debía proseguir por aquel camino de las revelaciones.

Con voz más solemne y reposada, continuó:

—La cosa... es más grave que parece. Porque el secreto de mi *enfermedad* es en parte el secreto de mi filosofía.

Se volvió a mí para ver qué efecto me hacían sus palabras. Ya sabía él que por mucho que me importaran sus aprensiones de enfermo, si las tenía, más me importaba su filosofía, de la cual iba yo haciendo algo mío, algo que me llegaba muy adentro, y empezaba a guiar en parte mi conducta.

—¿No ha notado usted —siguió, cada vez con más miedo a que no fuera prudente lo que decía—, no ha notado usted que... cuando hablamos aquí, privadamente, de nuestras ideas de cátedra, de mi método, de mi tendencia, sobre todo, de mis conclusiones... no me entusiasmo tanto, no le animo a usted tanto a abundar en mis ideas, y hasta parece que no agradezco bastante la ardorosa defensa en que usted me las refleja fielmente, y además, con el encanto que les añade su espíritu de joven y un si es no cs, poeta?

Calló y volvió a sonreír, como pidiéndome perdón por el mal que pudieran hacerme sus palabras.

—Sí —me atreví a decir—, he sentido muchas veces cierta frialdad relativa, así como deseos de no insistir, como si se tratara de algo que ofendiese su modestia.

—No, de algo que me remordiera un poco, un si es no es, en la conciencia.

—Sin embargo —exclamé asustado—, la sinceridad de su doctrina, la buena fe de usted... yo no las pondría en duda, aunque usted mismo...

—Gracias. No es eso. Sinceridad, absoluta; creo firmemente que es la verdad lo que pienso, lo que siento. Creo también que mi método es riguroso, que no deja nada atrás; que no impone ningún postulado gratuito... No es eso.

Tras nueva pausa prosiguió:

—Es esto otro —y con el puño cerrado dio dos o tres golpes al aire, rápidos, de arriba abajo—. Desde que murió mi mujer yo me agarré a mis huérfanos como en un naufragio. Como si todo el mundo fuera las fauces del mar traidor y sólo mis rodillas lugar de salvación para mis hijos. Mis hijos sin madre: esta idea era un tormento horroroso, sin tregua, real, positivo, sin consuelo posible. Todo era enemigo por ser indiferente, por no ser *madre*. Yo mismo, a pesar de mi amor, me parecía extraño a lo más íntimo del cariño que necesitaban los pequeñuelos; mis caricias desmañadas, masculinas, mi regazo anguloso no eran el nido de antes, con el calor y la suavidad de la madre. ¡Qué padecer, amigo mío, qué padecer espantoso! En todo veía asechanzas contra la vida de mis pobres criaturas: el frío era su mortal enemigo; el frío del aire que podía matármelos, el frío de la indiferencia con que los veían los extraños, que podía matármelos también. Yo no concebía horror como el de aquella vida, soledad más grande. Pero había más horror, más desamparo, más soledad.

»Una noche, en el Círculo, abrí una ilustración inglesa, miré un grabado; representaba un cuadro, no recuerdo si de Gregory o de Hopkins o de quién... se llamaba «Huérfanos». Una niña morena, como de diez años, arrimada a un banco de carpintero, sostenía con un brazo a otra niña de tres, sentada en el mismo banco, pero muy apretada la cabeza contra el cuerpo de la mayor; al otro lado un niño de cinco a seis años, en pie, se apretaba también contra la hermana *grande,* procurando como refugiarse bajo el delantal pobre y roto de la rapazuela... Estaban solos, allí no había madre... ni padre..., la orfandad era aquello... la soledad absoluta... Primero me venció la impresión desinteresada del arte, y pude observar; pero esta observación me llevó a ver claro... Los tres huérfanos, parecidos, más los pequeñuelos entre sí, miraban al espacio, al porvenir que se echaba sobre ellos, amenazador, misterioso, con vaga conciencia nada más del cruel destino que les aguardaba, del peligro próximo. En el rostro delgado, inteligente, de la hermana mayor, había cierta prematura experiencia, y cierta resignación debida a esfuerzos de voluntad, de valor, impropios de la edad, impuestos por el apuro de la desgracia. Amparaba a sus *pequeñuelos* cobijándolos, ¡ella, que era tan tierna, tan débil, tan inocente! No importaba, parecía desafiar con humilde tristeza... plácida, resignada, los embates del hambre, del frío, de la indiferencia... del caos de la vida en que iban a caer los huérfanos... El niño tenía expresión más dolorosa, de menos calma; pero también parecía menos atento a la causa de su pena...; padecía mucho, y, sin embargo, de un hecho incoherente, oscuro, distraído por el espectáculo de cuanto le rodeaba. Pero el arte y la expresión patética suprema estaban en el angelillo de tres años, que aplastaba la rizosa melena contra el cuerpo flaco de su hermana, buscando allí el amparo de la madre que faltaba para siempre... ¡Qué mirada aquélla!

¡Qué horrorosa tranquilidad melancólica la de aquel dolor que se ignoraba a sí propio! ¡Qué crueldad de pincel sublime, que sabía pintar así el desamparo injusto, la sagrada vida inocente, débil, abandonada, sola, en el universo inconexo, ilógico...! ¡Oh! Perdone usted; ni entonces ni ahora tuve ni tengo palabras para lo que expresaban aquella cabecita celestial, aquellos ojos de la niña de tres años sin padre ni madre, que lo buscaba todo en el amparo frágil de otra huérfana.

»La contemplación me dominaba: sentía que me estaba poniendo malo, malo allá, muy por adentro; y, sin embargo, insistía en mirar, en padecer, en comprender, en adivinar el dolor posible de la vida, en ahondarlo, en aumentarlo con la fantasía... Mis hijos podían verse así; podía faltarles el padre, podía faltar yo: ¿quién sabía si aquel sufrir infinito era ya principio de la muerte? ¡La orfandad completa! ¡Solos mis hijos en el mundo, en el cual yo sé, porque por algo se es filósofo, que nadie quiere de veras a no ser los padres! ¡Oh infinito padecer! ¡Aquí estás presente...! Yo no sé qué hubiera sido de mi razón si mis ojos hubieran seguido embriagándose con aquella copa de amargura; leyendo la biblia del dolor posible en aquel grabado de crueldad sublime... Por fortuna empecé a sentirme mal, *hacia fuera;* me desvanecía; el estómago protestaba... caí en una silla, estuve trastornado un instante; y a poco salí del Círculo, sin que nadie hubiera advertido cuanto acababa de padecer allí un hombre.

»Nunca jamás volví a mirar el grabado... Pero desde aquella noche, ¡qué vida! El mundo se me convirtió en una procesión de símbolos de mi desgracia, la orfandad de mis hijos. Cuando los veo en sus juegos, en sus mutuas caricias, formando grupos de ternura angelical, veo el *grabado,* los veo solos, huérfanos, tristes... rodeados de la nada del universo sin paternidad... Sus cabecitas inclinadas, sus melenas sacudidas al viento, sus ojos a veces soñadores y tristes, el aire *penseroso* de éste, los arrullos de tórtola solitaria de la pequeña... todo se vuelve *cartones,* apuntes proféticos para el cuadro póstumo. ¡Así estarán en el mundo sin mí! Sin madre, ¡ni siquiera padre...!

»La vida de mi espíritu llegó a hacerse imposible; yo tenía que disimular, es claro; el suicidio, aparte de considerarlo inmoral, era para mí absurdo porque era su resultado lo que yo temía: la orfandad de mis hijos. Había que vivir y vivir de aquella manera. Me refugié en el trabajo, es decir, en la reflexión, en mis filosofías... y de allí me vino el remedio, el paliativo a mi dolor... La idea de la realidad, del universo sin cariño *paternal,* era demasiado horrorosamente miserable para no ser falsa.

»No podía ser el mundo una cosa tan mala. La creación, como mis hijos, necesitaba padre... y a través de doctrinas viejas y nuevas, de sistemas orientales y occidentales, inmanentes y trascendentales... fui buscando, buscando... la *paternidad,* como *imperativo categórico del dolor...* La infinidad del mal, lo absoluto de la desesperación que suponía la no existencia de un Dios Padre, era cosa demasiado perfecta en su género de mal, para no ser cosa artificiosa, hipótesis, una teoría alambicada, una figura geométrica, regular, abstracta, que no se daba en la realidad, sino en el cerebro enfermo del hombre. No pudiera ser que el universo no tuviera Padre... El Padre nuestro... Aquel en cuyo seno yo dejaré a mis hijos si mis locuras me matan antes de tiempo. Pensando que hay Dios, Padre Celestial; pensando que, pese a la apariencia, el universo es un regazo, un nido del cariño, puedo vivir sin una camisa de fuerza. ¡Si mis hijos no tuvieran más padre que yo, mortal!... Pero le tienen, sí, ¿verdad? ¿No es verdad que en cátedra lo pruebo? ¿Que no hay positivismos ni intelectualismos que valgan ante la idea seria, clásica, tradicional, estética, armoniosa... del Padre Eterno que está en los cielos... es decir, en todas partes?

El doctor Glauben se había puesto en pie... yo también; y temblaba, no sé si de miedo; debía de estar muy pálido. El me lo dijo. Y me tendió la mano, añadiendo más tranquilo:

—No tema usted; no estoy loco *todavía,* loco de atar, a lo menos... ¿Sinceridad? Absoluta. Creo firmemente cuanto digo en clase. Y me parece que lo pruebo. —Una pausa—. Con todo, mi lealtad de pensador, de hombre de ciencia, me obliga a hacer a usted estas declaraciones. Ya conoce usted mi enfermedad; ya conoce usted sus consecuencias, que son el porqué subjetivo de mi sistema... No se fíe usted del todo. Puedo... puedo estar equivocado... Pero cuando usted tenga hijos... crea usted en Dios Padre.

# El *Torso*

El duque de Candelario tenía media provincia por suya; y no iba muy descaminado, porque a sus cotos redondos no se les veía el fin, y ejércitos de labradores le pagaban renta. Mucho había heredado de sus ilustres ascendientes; pero él también había adquirido no poco, y nadie podía decir que de mala manera y sin servir a la patria; era en su vejez, que casi se podía llamar florida por lo bien que en cosas que habían de dar fruto la empleaba, y por la lozana alegría de su humor y la constancia de sus fuerzas y alientos, era, digno, un agricultor de grandes vuelos, inteligente, activo, desinteresado con el pobre; pero atento a la legítima ganancia; y así se enriquecía más y más, ayudaba a los que le rodeaban a ganar la vida, y a quien le sacaba el jugo era a la tierra.

Si de este modo servía ahora a la patria, antes le había dado algo que valía más: su sangre y el continuo peligro de la vida; había sido un bravo militar, llegando a general, y en todos los grados de su carrera había tenido ocasión de probar el valor en verdaderas hazañas. Aún más que por todo eso, le estimaban en su tierra por lo llano, alegre y franco del carácter. No se diga que despreciaba sus pergaminos, pero tenía la democracia del trato, como rasgo capital en la sangre; y por algo le llamaban el *duque de los abrazos.* En los membrudos *remos,* como él decía, que no desdeñaban las armas del trabajo del campo, estrechaba con sincera hermandad a los humildes aldeanos, que adoraban en él y le acompañaban en su vida sana, activa de cazador y labrador y buen camarada en honestas francachelas.

Vivía casi siempre en el campo, en un gran palacio, con aspecto de castillo feudal, donde el más aristocrático señorío se mostraba por todas partes.

El amo inspiraba confianza en cuanto se le veía; su regia mansión, situada en medio de sus dominios, rodeada de bosques, imponía frío respeto.

Pero mientras don Juan Candelario, duque de Candelario, vivió, venció él a todos a la tradicional reserva, a la etiqueta linajuda, al aspecto imponente y aristocrático de su casa; y lo que era más arduo, venció la sorda oposición de su digna esposa, tan noble como él, no menos buena, pero de gustos menos democráticos, menos expansiva en el trato de los inferiores. El duque, burla burlando, tenía voluntad de hierro, y donde estaba él no mandaba marinero. Así era su gran palacio casa de todos, porque él lo quería, y hacíase tratar como un labrador más rico que los otros, pero no de otra madera.

Tenía sólo un hijo, que, en cuanto fue posible, su

madre se apresuró a enviar a Inglaterra a que se educara en Eton, después en Oxford y después en la escuela del *gran mundo* inglés. No se opuso el duque, porque le pareció racional que su heredero recibiese la sólida instrucción y las lecciones de vida de gran señor que allá lejos sabía él que se adquirían; pero esto no le impidió suspirar cuando advirtió que su Diego se había entregado a ideas, hábitos y tendencias que distaban mucho de aquella sencillez castellana que para don Juan era educación y naturaleza.

Su hijo se parecía más a la duquesa que al duque mismo, y la educación que éste llamaba *estirada, correcta y fría,* ponía el sello a las diferencias que lamentaba. Pero no se quejó. Cada cual sería a su manera. A él, ni Diego ni nadie le sacaría ya de su paso; pero el *sucesor,* que fuera como Dios tuviese dispuesto, dejaba a los demás la libertad, que él para sí había reclamado, de vivir a su modo. Ahora sí; mientras el duque viejo existiese, su casa, pusiera el *señorito* el gesto que pusiera, seguiría marchando como siempre.

Diego, en efecto, sentía invencible repugnancia ante aquellas costumbres de su padre. El, que había tenido criados estudiantes, que desde el colegio había aprendido a medir las distancias que la *realidad* establece entre las clases diferentes, por *necesidad,* veía hasta una hipocresía, o por lo menos una ilusión ridícula, de mal gusto, en aquella aparente igualdad de trato, que no pasaba de la superficie, que no podía llegar al fondo. Todo esto, pensaba, es una comedia grotesca, que a nosotros nos molesta y a los pobres aldeanos los humillaría, si fueran de más fina epidermis.

Con lo que menos transigía, con lo que estaba a matar, era con la confianza dichosa, extendida a las relaciones de los amos y de la servidumbre. Aquí lo grotesco y lo incómodo rayaban en tormento.

—Es preferible —decía don Diego a su madre en secreto— servirse a sí propio a ser por otros servido de esta manera; un criado que no es una máquina respetuosa, un autómata perfecto, es la mayor impertinencia que puede haber en un hogar. Siempre he distinguido a los verdaderos nobles de los improvisados y de los personajes plebeyos, por la servidumbre. La de estos últimos suele ser descuidada en el vestir, incorrecta en las ceremonias del trato, y todo ello sin que su señor, tal vez déspota, note semejantes disonancias, que pregonan su humilde origen. El criado adivina al *señor* verdadero, y aunque en su servicio tenga que soportar más severa disciplina, en él está más satisfecho tomando más en serio su oficio.

Casi odio contra su querido padre sentía don Diego al ver cómo trataba al duque Ramón, su antiguo compañero de glorias y fatigas, un héroe de la clase de tropa, y ahora jardinero y un poco mayordomo y claramente favorito del amo. Diego era el ídolo de Ramón; antes de marchar el chico a Inglaterra, a las nodrizas y al ayo había disputado el veterano el cariño, los cuidados del rapaz, que, cuando no estaba sobre su rodilla sana, estaba sobre la pata de palo, y si no sobre sus hombros, apretándole las orejas como los ijares a un caballo. Con la ausencia, el cariño del jardinero no se enfrió, se idealizó, cuando volvió el señorito *tieso*, pulquérrimo, frío, con aires de gran señor, que hasta en el menor gesto muestra la sangre privilegiada. Ramón convirtió de repente la mitad de su cariño en respeto; si antes le quería como a un ídolo familiar, ahora le temía como a un dios, con temor amoroso, reconociendo la suprema justicia de aquella desigualdad que se le señalaba. Si con el amo *viejo* era confianzudo, era por cumplir una consigna, porque así se lo había ordenado implícitamente; por lo demás, él tenía el respeto a la sangre donde el señorito la nobleza, en el fondo de la conciencia. Bueno se hubiera puesto el duque si Ramón le hubiese venido con remilgos y etiquetas. Verdad era que poco a poco aquellas relaciones de hermandad, aquella vida de camaradas, las había ido tomando el veterano como cosa de la naturaleza; y como todo lo que él decía y hacía estaba bien para el amo, y como su celo por el interés de la casa era de corazón, apasionado, y esto lo estimaba el duque más que un tesoro. Ramón se dejaba llevar por aquella plácida pendiente. Aun en presencia del duque *joven* continuó tratando al viejo con la franqueza igualitaria de siempre, porque ¡ay de él y de todos si el amo hubiera advertido que allí se obedecía a nueva voluntad, a gustos nuevos!

—En muriendo yo —había dicho una vez don Juan— que te cuelguen de un árbol, o que te pongan una casaca verde, si quieren; pero mientras yo viva... ¡lo de siempre!

Pasaron años; Diego vivió lejos de su padre, a lo gran señor, en el *mundo;* se casó con una duquesa, y no volvió al palacio de Candelario hasta que murió su madre. Estuvo allí poco tiempo. Lo bastante para convencerse de que el duque llenaría el vacío que dejaba su mujer, en lo posible, con la influencia de Ramón. Sin malas artes, sin astucia, sin ambición, por su inteligencia, su energía y su celo, el jardinero había invadido todas las funciones de mando. El duque, muy postrado, decía:

—El es mis pies y mis manos... y eso que no tiene ni *manos,* ni *pies.*

En efecto, el veterano, que había dejado una pierna en la guerra, había dejado después, poco hacía en un tejado del palacio, un brazo, con ocasión de apagar un incendio. No importaba; *con lo que le quedaba,* Ramón lo dirigía todo, lo vigilaba todo.

Diego, al verle de tal modo lisiado, le puso un mote que hizo sonreír a su esposa la duquesa, poco amiga también de aquellas confianzas de los criados: le llamó el *Torso,* porque apenas le quedaba más que el tronco, y ése, viejo y arrugado, aunque fuerte como una encina.

Poco antes de morir, el duque llamó a su hijo a su lado. El pobre viejo, rendido ya en el lecho en que iba a expirar, no sentía ahora la energía que en otro tiempo le hizo ser dueño absoluto de su casa. A los pocos días de llegar don Diego, Ramón, ya caduco también, tuvo que entregar el poder; el señorito muy amado que no dejaba de quererle a él, pero a distancia, le hizo entender bien claramente que se había equivocado si se creía que aquel trato familiar de amos y criados que don Juan había impuesto era ley natural del mundo; el verdadero respeto, la verdadera lealtad a los amos, consistía en otra cosa: en saber guardar la decorosa distancia que haya de clase a clase.

En adelante, puesto que por desgracia don Juan ya no dirigía nunca la casa, todo cambiaría; cada cual volvería a su sitio; él, Ramón, pues era jardinero, volvería a sus jardines, viviría allá arriba, en el Pabellón de la Glorieta, que estaba en un altozano, a lo último del parque.

Ramón no se lo hizo decir dos veces. «Amo nuevo, vida nueva.» Era un perro fiel: mientras se había querido caricias, confianza, había sido cariñoso, confianzudo; había dormido a los pies de su amo, dóndole el calor de su afecto..., ahora se le mandaba a la puerta, a vigilar desde fuera como buen mastín.... pues afuera, al Pabellón de la Glorieta; al destierro.

Y allá se fue, humilde, algo avergonzado de haber tomado en serio su papel de mayordomo y favorito.

Don Juan notó el cambio, pero ya no tenía humor ni fuerzas para protestar. Además, él también abdicaba de buen grado; era natural que su hijo quisiera empezar a ejercer el mando; él mismo le animaba a ello para darse el gusto de ver reinar al heredero, orgullo y gloria de su padre. «Diego es un gran señor —se decía don Juan—; yo, a lo sumo, habré sido un gran aldeano.»

Y murió don Juan, y el cambio iniciado se acentuó y acabó por ser completo. Aquellos dominios, metidos en el riñón de España, parecían ahora una de esas mansiones de los *landlords* que nos describe y pinta *The Graphic* de vez en cuando; allí todo era inglés; todo, como diría don Juan, *tieso, correcto, frío.* Mayordomo hubo, pero no fue Ramón; los criados fueron autómatas con aquella casaca verde de que el difunto duque se burlaba; hubo en palacio siempre convidados; pero no eran los labradores del contorno, sino señores muy serios, poco llanos también.

Ramón apenas salía de su pabellón de allí arriba al extremo del parque; se dio por confinado, sobre todo desde que se le advirtió que su cargo de jardinero sería en adelante honorario, si bien seguiría cobrando su sueldo, pero sin ejercicio de funciones. Don Diego atendería a su vejez con todos los cuidados que merecía. No le faltaría más que la confianza de antaño. No se quejó; cambió de vida; fue el más respetuoso, el más *estirado,* el menos comunicativo de la servidumbre. Aceptó su suerte, y sin vergüenza comió agradecido el pan que se le daba por los servicios de toda una vida. Sin embargo, en un rincón de la huerta trabajaba lo que podía, casi siempre solo.

Los duques iban y venían; vivían en Candelario parte del verano y todo el otoño. En toda la temporada Ramón veía a su don Diego del alma dos o tres veces. Llegaban a él, como rumores lejanos, ecos de las borrascas domésticas, ecos conducidos por aquellos criados de librea verde, tan tiesos, tan finos, tan respetuosos. Ramón sentía lágrimas en los ojos cuando oía aquellos chismes de lacayos en que las tragedias domésticas se tomaban como sainetes por la servidumbre, que se vengaba así, a escondidas, de su humillación constante... «El *señorito* no era feliz», pensaba en sus soledades del Pabellón de la Glorieta. ¡Pero Dios le librara de decirle una palabra de consuelo!

Una tarde le vio acercarse a la Glorieta, solo, taciturno, con el terrible ceño fruncido. Ramón estaba sentado en un banco rústico, descansando de la faena, para él cada día más fatigosa, de regar las legumbres. Pasó el duque a su lado, cabizbajo; Ramón se puso en pie, en el pie que tenía, y llevó la mano púnica a la frente para hacer el ademán de descubrirse, aunque no traía nada en la cabeza. El duque le vio; le miró con repentina dulzura; le puso una mano sobre el hombro; pero al notar que al criado, al *Torso,* se le llenaban los ojos de agua y de preguntas, y temiendo que rompiera a hablar como no debía, en vez de permitirle preguntar por las penas del amo, le dejó frío con un gesto, y le dijo:

—¿Qué tal ese reúma?

—El médico dice que acabaré por perder el uso de este otro brazo —y con el muñón del que le faltaba procuraba señalar al que tenía—. Y yo creo que lleva razón el médico, porque me pesa como un plomo. Pero lo peor no es eso: es que la pierna... *mía* se empeña en pedir el canuto, y no hay otra en la reserva.

—Ya sabes que nunca te faltará nada.

Y el *señorito,* el que un día jugaba saltando sobre aquella pierna que a Ramón se le moría, cansada de trabajar sola, siguió adelante, hundida el alma otra vez en sus pesadumbres, y la cabeza inclinada hacia la tierra de sus dominios, que no les daba una respuesta a las dudas infamantes de sus airados celos, a las sospechas de su honor.

Después de cien borrascas de la vida, el duque, solo, separado de su duquesa, cuya perfidia supo de modo cierto; sin hijos, sin amor a nada del mundo, sin amigos verdaderos, como la mayor parte de los hombres, se retiró a sus dominios de Candelario, como al abrigo de una ensenada en una isla desierta. No era un puerto familiar donde le aguardaban los suyos; era un abrigo en tierra inhospitalaria. El mundo era ya para él la isla desierta; en Candelario vivía con hambre de cariño, de fe, de ilusiones; pero sin luchar con las olas. En calma terrible; de cementerio. Pero también entre cementerios, el afecto escoge. En su palacio había la *corrección* de siempre; los criados, siempre de verde, saludaban inclinándose hasta el suelo; el servicio era solícito, esmerado; nada faltaba al duque; su cuerpo era servido como por las manos volanderas de los castillos encantados. Pero le sobraba una cosa: la *discreción* absoluta de su gente; los criados, según antigua costumbre, por disciplinaria tradición, miraban en el duque al ser superior, feliz y sin flaquezas, por derecho divino, por privilegio de la sangre y la grandeza; suponer al amo necesitado de consuelo, de ayuda, pidiendo y solicitando, con la mirada a lo menos, amparo, calor del corazón, era absurdo, una irreverencia. Ningún criado de aquellos, ni el más sinceramente fiel, creía que entraba en el cuadro de sus obligaciones tener lástima del señor, pararse a pensar en que podía estar triste en aquella soledad espantosa.

En cuanto a los campesinos dependientes de la casa, ya hacía muchos años que habían olvidado el camino del palacio, a lo menos el de las habitaciones del amo. El duque *nuevo* era una abstracción para ellos; su señorío un concepto de derecho, no un poder representado en una forma conocida.

Don Diego envejecía de dolor, de hastío, de soledad; a solas con su grandeza, se sentía como un rey Midas del linaje y de la etiqueta; todo lo que tocaba se le convertía en frío respeto.

La debilidad de sus achaques, que empezaron pronto, le tenía nervioso; empezó a aborrecer a sus siervos voluntarios, porque no adivinaban lo que ahora necesitaba, que era afecto, trato humano, pero no de humanidad humillada, servil. Llegó a *hacer la corte* a sus *palaciegos;* a procurar, de modo indirecto, adulándolos, como podía, sin abdicar, sonsacarles algo más que el servicio exacto, cumplido con ceremoniosa perfección. Fue en vano; nadie sospechaba lo que quería. Estaba entre muebles y semovientes: no entre hombres. Los árboles del parque, inclinados a su paso, por la brisa, le saludaban; saludaban su dolor sin comprenderlo; lo mismo hacían los criados; pasaba el amo y se inclinaban como los árboles.

Cerca del anochecer, cierto día, el duque llegó hasta el extremo del parque; alzó la cabeza al verse junto al pabellón solitario de la Glorieta. Allí dentro, como enterrado en vida, estaba Ramón, que no acababa de morir; olvidado de todos, menos de un mozalbete encargado de su servicio. El veterano había ido perdiendo terreno, pero no quería abandonar la casa de que había sido perro fiel; no quería morir. El *señorito* no le visitaba nunca. Pasaba el día sentado en un sofá de paja, haciendo solitarios con naipes viejos, sobre una mesa de mármol, con grandes esfuerzos de la mano única que movía apenas, para la cual cada naipe, sobado y lleno de dobleces, pesaba como una losa. La pierna de carne se había hecho de palo también; no se movía. Los ojos eran centellas, pero los oídos tapias: todo le sonaba a Ramón a ruido del bosque que tenía a la espalda. Como no oía, apenas quería hablar, para no decírselo él todo. Además, casi nunca tenía con quién.

Le dominaba una idea. «¿Qué haría, cómo lo pasaría el señorito allá abajo?»

Don Diego vaciló... pero no pudo contenerse. El alma le hizo dar unos pasos más y penetrar en la triste vivienda del desterrado, del confinado, del enterrado en vida, del tronco arrinconado, como mueble vetusto y noble; del *Torso* de carne y hueso.

El *Torso,* al ver al amo frente a sí, quiso incorporarse, pero no pudo. Levantó un poco la mano, que no llegó a la cabeza. Saludó con ponerse rojo de respeto y de dicha. ¡Qué santo orgullo el suyo! ¡El *señorito* venía a verle a su sepulcro!

El duque le puso una mano sobre el hombro; se sentó a su lado en el sofá de paja.

—¿Qué solitario es ése? —preguntó por señas.

—El de los reyes.

—¿Te lo enseñó mi padre? —volvió a decir don Diego también con gestos, señalando con la mano, que sacudió dos veces, allá hacia las nubes, hacia los cielos...

—Sí, el señor duque —contestó Ramón, moviendo el muñón del brazo perdido, también hacia arriba.

»El señor duque... que de Dios goza —repitió el *Torso,* que no pudo contener dos lágrimas pobres, muy delgadas.

Y el amo tampoco pudo, ni tal vez quiso reprimirse, y, dejando caer la cabeza sobre el hombro de Ramón, abrazado al *Torso,* lloró en silencio, en abundancia, como idólatra que se reconcilia con su fetiche, y le cuenta al tronco inerte, dios de los lares, las penas íntimas que no le importan al mundo.

# Cristales

Si el alma un cristal tuviera...

Mi *amigo* Cristóbal siempre estaba triste... no, no es esa la palabra; era aquello una frialdad, una indiferencia, una abstinencia de toda emoción fuerte, confiada, entusiástica... No sé cómo explicarlo... Hacía daño la vida junto a él. Sus ojos, de un azul muy claro y de pupilas muy brillantes desde una oscuridad misteriosa y preguntona, parecían el doctor Pedro Recio de toda expansión, de toda admiración, de todo optimismo; amar, admirar, confiar, en presencia de aquellos ojos, era imposible; a todo oponían el veto del desencanto previo. Y lo peor era que todo lo decían con modestia, casi con temor; la mirada de Cristóbal era humilde, jamás prolongada. Podría decirse que destilaba hielo y echaba a correr.

¿Por qué era así Cristóbal, por qué miraba así? Un día lo supe por casualidad.

—«El mejor amigo, un duro» —dijo delante de nosotros no sé quién.

—Me irritan —dije a Cristóbal en cuanto quedamos solos—, me irritan estos vanos aforismos de la falsa sabiduría escéptica, plebeya y superficial; creo que el mundo debe en gran parte sus tristezas morales a este grosero y limitado positivismo callejero que con un refrán mata un ideal...

—Sin embargo —dijeron a su modo los ojos de Cristóbal, y sus labios sonrieron y por fin rompieron a hablar—: Un duro... no será gran amigo; pero acaso no hay otro mejor.

Otros lloran la perfidia de una mujer... Yo me había enamorado de la amistad; *había nacido* para ella. Encontré un amigo en la adolescencia; partimos el pan del entusiasmo, el maná de la fe en el porvenir. Juntos emprendimos la conquista del ensueño. Cuando la *bufera infernal* del desengaño nos azotó el rostro, no separamos nuestras manos que se estrechaban; como a *Paolo* y *Francesca*, abrazados nos arrebató el viento... Los dos vivíamos para el arte, para la poesía, para la meditación; pero yo era autor dramático y él no. Menos el *don* del teatro, que niega Zola, tal vez porque no lo tiene, todo lo dividíamos Fernando y yo. Nuestra gloria y nuestro dinero eran bienes comunes para los dos. El mundo, con su opinión autoritaria, vino a sancionar estos lazos; se nos consideró unidos por una cadena de hierro inquebrantable. Así sea, dijimos. Y en nuestro espíritu nació uno de esos dogmas cerrados en falso con que la humanidad se engaña tantas veces.

Yo había notado que Fernando era muy egoísta; de la terrible clase de los inconscientes; era egoísta como rumia el rumiante; tenía el estómago así. Pero había notado también que yo, aunque más refinado y lleno de complicaciones, era otro egoísta. «¿Cómo puede vivir nuestra amistad entre estos egoísmos? Vive en su atmósfera», pensaba yo; observando que mi amigo tenía vanidad por mí, preocupaciones, antipatías y odios por mí. Yo también me sentía ofendido cuando otros censuraban a Fernando; este derecho de encontrarle defectos me lo reservaba; pero no veía en ello malicia, porque también, y con cierta voluptuosidad, examinaba yo mis propias máculas y deficiencias, creyéndome humilde. Uno de los disfraces que el diablo se pone con más gusto para sus tentaciones es el de santo.

Cierta noche se estrenó un drama mío; era de esos en que se *rompen moldes* y se apura la paciencia del público adocenado, pero no tan malévolo como supone el autor. En resumidas cuentas, y desde el punto de vista del mundanal ruido, el éxito fue un descalabro. Una minoría tan selecta como poco numerosa me defendía con paradojas insostenibles, con hipérboles que equivalían a subirme en vilo por los aires, para dejarme caer y aplastarme. En el saloncillo bramaba una verdadera tempestad *crítica*. La fórmula era darme la enhorabuena, pero con las de Caín. En cuanto yo daba la vuelta, se discutía el género, la tendencia, y por último, se me desollaba a mí. Entonces acudían los amigos; me ensalzaban a mí y le echaban una mano protectora al género, a la tendencia. Yo recibía los parabienes con cara de Pascua, pero en calidad de cordero protagonista.

Lo que nadie decía, pero lo que pensaban todos, era esto: «La culpa no es del género, no es de los *moldes nuevos*, es del repostero éste, es del ingenio mezquino que se ha metido en moldes de once varas. Se ha equivocado. Esta es la fija. Se ha equivocado.»

Así pensaban los enemigos; y aún lo insinuaban, atacándome de soslayo. Y así pensaban los amigos, defendiéndome de frente e insinuándolo más con esta franca defensa.

¿Y Fernando? Fernando me defendía casi a puñetazos. En poco estuvo que no tuviese dos o tres lances personales. Yo le oía de lejos; no le veía.

El no pensaba que yo le oía. Su defensa, apasionada, furiosa, era ingenua, leal. ¡Qué entusiasmo el suyo! Era ordinariamente moderado, casi frío; pero aquella noche, ¡qué exaltación!

—Le ciega la amistad —se oía por todos los rincones.

¡Qué no me hubiera cegado aquella noche a mí!

Como se recogen los restos gloriosos de una bandera salvada en una derrota, Fernando me recogió a mí, me sacó del teatro y me llevó a nuestra tertulia de última hora, en un gabinete reservado de un café elegante.

Al entrar allí me fijé, por primera vez en aquella noche, en el rostro de mi amigo, que vi reflejado en un espejo. Sentí un escalofrío. Me atreví a mirarle a él cara a cara. Y en efecto, estaba como su imagen. Aún había en el amigo no sé qué de pasión que no había en el espejo. Estaba radiante. En sus ojos brillaba la dicha suprema con rayos que sólo son de la dicha, que no cabe confundir con otros. Fernando, muy diferente de mí en esto, era un amador de mucha fuerza y de buena suerte; para él la mujer era lo que para mí la amistad: su buena fortuna en galanteos le hacía feliz. Sus rostro, generalmente frío, soso, de poca expresión, se animaba con destellos diabólicos, de pasión intensa, cuando conseguía su amor propio grandes triunfos de amor ajeno. Pero tan hermosamente transfigurado por las emociones fuertes y placenteras como le vi aquella noche, en aquel gabinete del café, no le había visto ni siquiera en la ocasión solemne en que vino a pedirme que le dejara solo en casa con su conquista más preciosa: la mujer de un amigo.

Mientras cenábamos, me fijé en los ojos de Fernando. Allí se concentraba la cifra del misterio. Allí se leía, como clave del enigma: «¡Felicidad! ¡La mayor felicidad que cabe en este cuerpo y en este espíritu de artista, de egoísta, de hombre sin fe, sin vínculos fuertes con el deber y el sacrificio!»

*¡Si el alma un cristal tuviera...!* ¡Oh! ¡Sí; lo tenía! Yo leía en el alma de Fernando, a través de sus ojos, como en un libro de psicología moderna, como en páginas de Bourget.

Fernando era feliz aquella noche de una manera feroz; saberlo, sí, como las fieras. Sabía él por experiencia propia, que la quinta esencia del sentimiento de un artista, de lo que éste cree su corazón, tal vez porque no tiene otro mejor, y no es más que una burbuja delicada y finísima, un coágulo de vanidad enferma, estaba padeciendo dentro de mí dolores indecibles;

sabía que el público y los falsos amigos me habían dado tormento en la flor del alma artificiosa del poeta... pero no sabía que él, su vanidad, su egoísmo, su envidia, se estaban dando un banquete de chacales con los despojos del pobre orgullo mío triturado.

¡Qué luz mística, del misticismo infernal de las pasiones fuertes, pero mundanas, en sus ojos! ¡Cómo se quedaba en éxtasis de placer, sin sospecharlo! ¡Y qué decidor, qué generoso, qué expansivo! Lo *amaba todo* aquella noche. Hubiera sido *caritativo* hasta el heroísmo. Su dicha de egoísta le inspiraba este espejismo de abnegación. Sin duda creía que el mundo *seguía siendo él*. Oía las armonías de los astros. Y para mí, ¡qué cuidados, qué atenciones! ¡Qué hermano tenía en él! Se hubiera batido, puedo jurarlo, por mi fama. ¡Y el infeliz, sin sospechar siquiera que estaba gozando una dicha de salvaje civilizado, de carnívoro espiritual, y que esa dicha se alimentaba con sangre de mi alma, con el meollo de mis huesos duros de vanidoso incurable, de escritor de oficio!

Aquel espectáculo que me irritó al principio, que fue supremamente doloroso, fue convirtiéndose poco a poco en melancólica voluptuosidad. El examen, lleno de amargura, del alma de Fernando, que yo veía en sus ojos, se fue trocando en interesante labor finísima; no tardó mi vanidad, tan herida, en rehacerse con el placer íntimo, recóndito, de analizar aquella miseria ajena. ¡Cuánta filosofía en pocos minutos! A los postres de la tal cena, en que el único apóstol comensal era un Judas, sin saberlo, a los postres, ya recordaba yo mi obrita del teatro como una desgracia lejana, de poética perspectiva. Mi descalabro, el martirio oculto de mi amor propio, la perfidia de los falsos amigos y compañeros, todo eso quedaba allá, confundido con la común miseria humana, entre las lacerías fatales necesarias de la vida... En mi cerebro, como un sol de justicia, brillaba mi resignación, mi frío análisis del alma ajena, mi honda filosofía, ni pesimista ni optimista, que no otorga a los *datos históricos*, al fin empíricos, siempre pocos, más valor del que tienen... Y lo que más me confortó fue el sentimiento íntimo de que el dolor intenso que me producía la traición inconsciente de Fernando no me inspiraba odio para él, ni siquiera desprecio, sino lástima cariñosa. «Le perdonaba, porque no sabía lo que hacía.»

«Mi dogma, la amistad —me dije—, no se derrumba esta noche como mi pobre drama; Fernando no me quiere de veras, no es mi amigo, ¿y qué?, lo seré yo suyo, le querré yo a él. Su amistad no existía, la mía sí.»

En tal estado, llegué a mi casa. Entré en mi cuarto. Comencé a desvestirme, siempre con la imagen de Fernando, radiante de dicha íntima, apasionada, ante los ojos de fantasía. Mi espíritu nadaba en la felicidad *austera* de la conciencia satisfecha, de la superioridad racional, mística, del alma resignada y humilde... ¡Qué importaba el drama, qué importaba la vanidad, qué importaba todo lo mundano... qué importaba la feroz envidia satisfecha del que se creía amigo...! Lo serio, lo importante, lo noble, lo grande, lo *eterno,* era la satisfacción propia, estar contento de sí mismo, elevarse sobre el vulgo, sobre las tristes pasiones de Fernando... Antes de apagar la luz del lavabo me vi en el espejo. ¡Vi mis ojos! ¡Oh, mis ojos! ¡Qué expresión la suya! ¡Qué *cristales*! ¡Qué orgullo infinito! ¡Qué dicha satánica! Yo estaba pálido, pero ¡qué ojos! ¡Qué hoguera de vanidad, de egoísmo! Allí dentro ardía Fernando, reducido a polvo vil... Era una pobre víctima ante el altar de mi orgullo... de mi orgullo, infierno abreviado. ¿Y la amistad? ¿La mía? ¡Ay! Detrás de los cristales de mis ojos yo no vi ningún ángel, como la amistad lo sería si existiese; sólo vi demonios; y yo, el *autor del drama,* era el diablo mayor... tal vez por razón de perspectiva...

# Don Urbano

Se hizo *superior* el año sesenta, en julio, el día del eclipse. Por cierto que, dice él, muy orgulloso sin saber por qué, por cierto que hubo que suspender el ejercicio, porque no se veía, y el tribunal discutió si se traerían luces o no se traerían. El año sesenta y cinco, la Unión liberal, dice él también, me dio la escuela de párvulos; y lo dice de un modo que da a entender que no le pesará si alguien llega a creer que el mismo O'Donnell en persona vino al pueblo a darle la escuela de párvulos, a él, a don Urbano Villanueva.

Por lo demás, no crean ustedes que es fatuo, ni que tiene grandes aspiraciones políticas; su vanidad se reduce a eso, a encontrar una misteriosa relación entre el acto solemne de hacerse él maestro superior, y el famoso eclipse total de sol del año sesenta... Con esto y con suponer a la Unión liberal interesada en otorgarle la escuela de párvulos, se da por satisfecho su egoísmo. En todo lo demás es altruista; su existencia estuvo por mucho tiempo consagrada... no al prójimo precisamente, sino a los árboles y a los edificios, principalmente a los árboles, sin que tampoco despreciase los arbustos, siempre y cuando que se tratara de los que son propiedad del concejo. *En un principio,* cuando la Unión liberal le dio la escuela, creyó que su vocación consistía en renovar el sistema de educación de los *infantes,* y hasta llegó en su audacia a imaginar una especie de *reloj gráfico intuitivo*, para que los niños de teta mamaran nada más a las horas debidas. Su idea era facilitar el desarrollo de las facultades físicas y anímicas de los niños llorones, dejándolo todo a la espontaneidad de la naturaleza... metódicamente enderezada. Los niños eran tiernas plantas. (De esta metáfora nació la afición de don Urbano al arbolado público.) La savia natural, decía, se encarga de hacerlos física e intelectualmente; yo todo lo dejo a la intuición y al aire libre... pero... pero

árbol que crece torcido
tarde su tronco endereza,
pues hace naturaleza
del vicio con que ha nacido,

y es necesario que el árbol crezca derecho mediante el método *racional-intuitivo.* Por lo cual, don Urbano, en un principio, trató a los niños, física y moralmente, como si fueran sistemas de poleas, enredándolos en una porción de correas... físicas y morales también. Para enseñarles a poner bien la pluma, les ataba los dedos con balduque, y después les decía: «Ea; ahora, allá vosotros; escribid con toda libertad.» Era muy partidario de la libertad... con correas. Creía firmemente en el crecimiento espontáneo; pero la dirección del crecimiento era cosa de él, de don Urbano; lo cual demostraba con un análisis etimológico de las palabras *pedagogo, método, ortografía, ortología, ortopedia, ortodoxo,* y otras como estas últimas, en que entraba por mucho la idea de rectitud; rectitud que conseguía él por medio de rodrigones y ligaduras. «Señores —solía exclamar dirigiéndose a los párvulos que le había entregado la Unión liberal—; señores, tienen ustedes que desengañarse; así como

Dios el bravo mar enfrenta
con muro de leve arena

es necesario que el buen pedagogo, esto es, director de niños, enfrene las malas pasiones de ustedes y los extravíos psicofísicos propios de la edad por que ustedes atraviesan, no con muros de arena, sino con una de arena... y otra de cal, es decir, por las dulces y por las agrias, por aquello de que entre col y col, lechuga. Mucho recreo, mucha expansión al aire libre... pero todo con método, con orden, con medida; ya lo dijo la Sabiduría: *omnia in mensura, in numero, in pondere disposuisti.* El aire libre, el libre ambiente es cosa muy recomendable... pero con medida. ¡Oh, si hubiera contadores de aire como los hay para el agua y para el gas! Señores, yo lo confieso, cada vez que veo una cuerda me enternezco y bendigo a la naturaleza que la ha criado, o por lo menos ha criado la primera materia que la industria aprovecha para hacer cuerda. ¡Una cuerda! ¿No ven ustedes en ella el símbolo de la sociedad?» Y callaba un momento don Urbano, para hacer con toda intención una *pausa,* que él tenía por recurso retórico muy socorrido. En las comedias románticas de la época leía él muchas veces la palabra *pausa,* entre paréntesis, y le causaba siempre excelente efecto. Pues bueno, en sus discursos de la escuela hacía *pausas,* particularmente cuando *cometía* la figura de interrogación; y también le gustaba mucho *cometer* figuras, y atreverse con las *licencias* que le permitían, en cierta medida, la gramática de la Academia y la retórica de Terradillos. Cada vez que decía: *Lo he visto con mis propios ojos,* se quedaba muy hueco y se tenía por un pillín, temerario como él solo en materia de pleonasmos. Y el infeliz, que no había roto un plato en su vida, tenía remordimientos gramaticales, y a medianoche despertaba diciéndose: «Se me figura que ayer, en aquella solicitud a la Junta provincial de Instrucción pública... he abusado de las sinalefas.» Porque es de advertir que don Urbano escribía estas solicitudes en verso, aunque disimulado por la forma de los renglones; era verso libre; siempre endecasílabos u octosílabos, muy bien medidos (¡la dicha de medir!) por los dedos, pero como no caían en copla, la Junta de Instrucción pública no *caía en la cuenta,* y tomaba por prosa la poesía.

Si don Urbano escribía así no era por faltar al respeto a los señores vocales, sino por el gusto de medirlo todo. «Mida usted sus palabras», quería decir para él: «hable usted en verso». ¡El verso, el metro!, ¿ven ustedes?, decía don Urbano a sus párvulos; el metro es la poesía y el metro es la medida; luego la medida es la poesía, porque dos cosas iguales a una tercera son iguales entre sí.

Volviendo a lo de la cuerda, después de hacer aquella pausa para dar tiempo a los chicos a contestarle algo, si se les ocurría alguna objeción, cosa inverosímil, don Urbano proseguía:

—Sí, señores; la cuerda es el símbolo de la sociedad, porque la sociedad es un vínculo de derecho, *vinculum juris,* un lazo, algo que ata; y ¿con qué se hacen los lazos, las lazadas y los nudos? Con cuerda. Además, la cuerda no sólo es materia del lazo social, del vínculo, sino sanción para impedir o castigar las transgresiones, y de *aquí el trato de cuerda,* los azotes, las disciplinas. Esto, elevado a institución religiosa, es el cilicio, la cuerda del mendicante. Si de estas regiones místicas descendemos a los intereses materiales, tenemos que sin cuerda no habría ciudades ni propiedad rústica bien deslindada, porque con la cuerda de la plomada construimos los sólidos edificios, para que obedezcan a las leyes arquitectónicas y den a la vertical lo que es suyo; con las cuerdas determinamos las rasantes de las calles, alineamos las arboledas municipales, lugares de recreo, trazamos los caminos a través de la tierra, y por último, medimos las heredades y las distinguimos y separamos con sus linderos correspondientes, en digno tributo a la divinidad del dios *Terminus*. Por eso, señores, lejos de quejarse, deben ustedes dar gracias a Dios, que crió el cáñamo, cuando yo les ato la mano a la pluma o les ato ambas manos a la espalda para corregir sus desafueros, y enseñarles, por el sistema preventivo, lo que es la pena del galeote y del presidiario que va a purgar su delito atado codo con codo; y como la educación debe ser integral, y ustedes deben ir creándose hábitos para toda clase de finalidad racional; como cabe en lo racional que algunos de ustedes acaben en un presidio, bueno es que sepan de todo y aprendan por experiencia propia cómo las gasta la vindicta pública para reprimir los excesos de la libertad en los ciudadanos.

»Porque sí, señores míos; a propió intento, y como manda la retórica, he dejado lo de más efecto para lo último en esta apología de la cuerda; la forma sublime de la cuerda en la cuerda de presidiarios, porque ésta es la que sirve para garantía del orden, para sujetar el mal y dejar libre el bien; y aún si quisiera remontarme más a la suprema expresión de la cuerda simbólica, representaría ante la pasmada fantasía de ustedes la imagen de una horca, en la que el papel principal lo representa una cuerda; una cuerda con un nudo, siquiera sea corredizo; para demostrar que al que huyó del *lazo* del vínculo social, este lazo, este nudo se le aprieta al cuello.

Y don Urbano enjugaba el sudor de la frente con un pañuelo de hierbas.

Pero ¡ay! fueron en vano sus discursos. Los párvulos no le comprendían. Cambió de escuela; trató de enderezar a mocosos más talluditos, y peor. «¡Peor —gritaba él—, la cera está fría, ya no es cera, es hierro; y esto es machacar en hierro frío!» No había remedio; la humanidad se torcía; no había rodrigones que bastaran; todo el esparto y todo el cáñamo del mundo no eran suficientes para guiar por el buen camino, ni la *letra* ni el espíritu de la infancia. El corazón del niño, como los perfiles de su pluma, iban de mal en peor.

Fue inútil que don Urbano inventase varias máquinas de madera y cuerda, todas *mecánico-intuitivas,* como las llamaba él, para corregir los defectos de la humanidad pueril. Los chicos seguían siendo el diablo.

Por fin, cansado de luchar, dejó la enseñanza y procuró conquistar una plaza de delineante al lado del arquitecto municipal.

Ya que los hombres no se dejaban alinear, alinearía casas. ¡Oh, la santa simetría! Su biblia, en adelante, fueron las *ordenanzas municipales,* que tan sabias disposiciones contenían para impedir las demasías arquitectónicas de los vecinos.

Don Urbano se convirtió en un verdadero familiar de aquella inquisición de policía urbana. Era un espía del alcalde, y le denunciaba los abusos de la vecindad que abría una puerta a la calle, ensanchaba un hueco o cambiaba la disposición de una tapia.

Acudía a las sesiones del Ayuntamiento, ávido siempre de denunciar abusos de este género a los concejales celosos.

Lo que más le preocupaba eran los áticos y las rasantes. ¡Que Fulano Gómez ha *sacado* un ático sobre el segundo piso! ¡Fuego en él! ¡Embargo! ¡Que Zutano Pérez no sigue la rasante de la calle Tal en su casa nueva! ¡Multa y embargo!

La gente empezó a murmurar. Todos decían:

—Pero ¡qué mala intención tiene el maestro de párvulos! ¿Qué le importará a él que una casa sea más alta que otra, o que avance más o menos hacia el arroyo?

¡Mala intención! No, señor; era amor de la medida, del orden, de la plomada y del nivel, de la simetría, de la línea recta. Y no cejaba en su empeño. Si en el Ayuntamiento no le hacían caso, se iba a los periódicos, y procuraba deslizar una gacetilla que se titulaba, por ejemplo (con letras gordas):

*¡Alinear por la derecha!*

Era gran amigo de la expropiación forzosa, y con tal de evitar un *martillo* (su pesadilla) en la vía pública, hubiera derribado la casa paterna, aunque tuviese que pasar por el ombligo de cualquiera de sus mayores. Línea recta, y caiga el que caiga. Era un anarquista de la *rasante*. ¡La *rrrasante!*, como él decía con énfasis nivelador.

Pero también tuvo que renunciar a la policía urbana, a la belleza del orden municipal de los edificios; calles, casas con ático, rasante y demás ensueños, se convirtieron en desengaños; la intriga, el favor, el caciquismo, pudieron más que él; sólo consiguió perder el destino. Los amigos del alcalde, ya se veía, podían construir en mitad del arroyo, y levantar las siete colinas de Roma sobre la rasante de la calle. Las *ordenanzas* eran un papel mojado. No podía haber calles derechas. Le pasaba a la ciudad lo que al ciudadano, se torcía por naturaleza.

Ni los hombres ni las casas se sujetaban al orden, a la rectitud.

Sus ilusiones se refugiaron en el arbolado. Prefería los plantíos nuevos: de los árboles *seculares* que mandaban respetar los gacetilleros, se reía él. Los árboles viejos solían ser irregulares, retorcidos, llenos de nudos y verrugas; ¡claro!, habían crecido sin rodrigones, sin orden,

> y árbol que crece torcido
> tarde su tronco endereza...

¡abajo los árboles *seculares*! y nada de sensiblería... Alamedas nuevas, y vamos andando. Calles de chopos muy derechitos en filas muy derechas... eso es el progreso, esa es la hermosura... Pero los árboles nuevos se secaban, se morían, o no se plantaban siquiera, y sólo aparecían en las cuentas municipales. ¡La comisión de arbolado se comía en dinero los ejemplares más ricos en esperanzas!

Don Urbano abandonó la ciudad a su destino de corrupción, de libertinaje y desorden. Madrugaba mucho y salía al campo y no volvía hasta la noche. ¿Qué hacía? En la estación correspondiente se extasiaba viendo a las yuntas abrir la tierra con el brillante colmillo del arado. Aquellas líneas rectas que los pacienzudos bueyes iban trazando en la madre tierra, como quien borda, le encantaban. El instinto los guiaba, porque el arador era más buey que ellos, en concepto de don Urbano, que aborrecía ya a la humanidad. Si a veces el surco se desviaba un poco de la marcha conveniente, don Urbano gritaba en tono de jovial represión:

¡Ay, ay, qué surco tan torcido ha hecho!

y ni se sabe si este verso del fabulista lo aplicaba al labrador o a la yunta.

Con esta costumbre de salir tan temprano a la aldea, y no volver hasta la noche, fue adquiriendo aspecto montaraz; no se afeitaba ni cortaba el pelo. Un día se lo advirtió un rapabarbas de las afueras.

—¡Pero, don Urbano! ¿Usted no tiene espejo en casa?

—¿Por qué lo dices?

—Porque esa cabeza necesita una buena poda.

Don Urbano sintió vergüenza. *¡Nosce te ipsum!*, pensó, mientras se miraba en aquel espejo que le presentó el barbero.

¡El que tanto aborrecía el desorden, el crecimiento sin medida ni simetría, tenía la cara y la cabeza como una selva virgen!

Desde aquel día dio una importancia excepcional al arte de la peluquería, y empezó a reconciliarse con la humanidad barbuda.

Notó que había muchos hombres que acudían con sistemática frecuencia a que les hicieran la barba y les cortaran el pelo.

Todas aquellas almas torcidas, que habían rechazado la cuerda y el rodrigón para el propio crecimiento, se sometían humildes a las tijeras y a la navaja niveladoras del peluquero.

Desde entonces, don Urbano, menos adusto y siempre muy afeitado, frecuentó las peluquerías más acreditadas.

Y se pasa hoy las horas muertas viendo a los maestros y a los oficiales *servir* a los parroquianos, y sigue con atención casi mística el subir y bajar de las tijeras por el cuero cabelludo del prójimo.

Y su mayor delicia es poder decirle a cualquiera que *se ha servido,* mientras éste se sacude los pelos que le pican, decirle sonriendo...

—Está usted perfectamente... No le han dejado ninguna escalera.

# El frío del Papa

Decía el periódico: «No es cierto que Su Santidad León XIII esté enfermo. Su salud se mantiene firme; pero no hay que olvidar que es la salud de un anciano, de un anciano cuyo espíritu ha trabajado y trabaja mucho. Está débil, sin duda; pero no se ha de juzgar por las apariencias de lo que es capaz de resistir aquel temperamento; detrás de aquella delicadeza, de aquel palidísimo color, de aquellos músculos sutiles, hay un vigor, una resistencia vital que no puede sospechar el que le ve y no conoce su fibra. Los catarros le molestan a menudo. Su gran batalla es con el frío. En sus habitaciones no se enciende lumbre; pero después que se acuesta necesita sobre su cuerpo flaco mucho abrigo. Parece imposible que aquellos miembros tan débiles resistan el peso de tanta ropa como hay que echarle encima.»

Interrumpió Aurelio Marco, ex filósofo, la lectura

que le había llenado de lágrimas los ojos, y el espíritu de ideas y de imágenes.

Era la noche del 5 de enero, víspera de Reyes. En su pueblo, donde Aurelio se había refugiado después de recorrer gran parte del mundo, todavía se consagraba aquella noche a la inocente comedia mística, tradicional, de ir *a esperar los Reyes;* ni más ni menos que en *su tiempo*, cuando él era niño, y seguía por calles y plazas y carreteras, a la luz de pestíferas antorchas, a los pobres músicos de la murga municipal, disfrazados, con trapos de colorines y tristes preseas de talco, de Reyes Magos, reyes melancólicos con cara de hambrientos.

A lo lejos, allá en la calle, se oía la inarmónica elegía de un clarinete desafinado que se alejaba con su tristeza...

«¡El Papa tiene frío!», pensó Aurelio. Y la ternura de un símbolo de inefable misterio doloroso le anegó el alma en visiones mezcladas de agudas ideas luminosas.

Sus recuerdos de otras noches de *Reyes,* el clarinete que se alejaba, la noticia que acababa de leer, le devolvían, por lo que atañe al sentir, a la fe de su poética infancia, de su tormentosa adolescencia... La *verdad estética* de la leyenda sublime, única, le penetraba el corazón; y por él pasaba algo muy semejante a lo que el Fausto de Goethe sentía al escuchar las campanas que tocaban a *Gloria* y los cánticos populares de Pascua:

(«Erinn'rung halt mich nun, mit kindlichem Gefühle, etcétera.............................................»)

(«Tal recuerdo reanima en mi corazón los sentimientos de la niñez... y me vuelve a la vida. ¡Oh!, que os oiga otra vez, cánticos celestiales; ha corrido una lágrima, la tierra me reconquista.»

Aurelio Marco llegaba a la vejez y su espíritu necesitaba un báculo; tenía canas en el pensamiento de nieve: huyendo de pretendida ciencia positiva, que niega y profana lo que no explica, había vuelto, no a la confesión dogmática de sus mayores, pero sí al amor y al respeto de la tradición cristiana: no entraba en el templo por no profanarlo, se quedaba a la puerta, aterido. Asistía al culto por fuera, contemplando la austera y dulce arquitectura de la torre gótica, himno de sincera piedad *musical,* inefable... Mas tales sentimientos, tales ideas de lo que llamaba él el *buen sentido religioso,* no le calentaban el corazón, como en su juventud borrascosa, borrascosa por dentro, se lo calentaban hasta abrasarlo los relámpagos de fe poética, expectante, personal, originalísima, que brillaban a veces entre las tinieblas de sus dudas y negaciones.

«Ahora —pensaba— sentía mejor, más sinceramente, con más prudencia, con más caridad para las ideas contrarias; se acercaba, sin duda, al justo medio, a la sabia parsimonia... pero ¡qué frío!»

—También tenía frío el Papa; un frío que le llegaría a los huesos.

Aurelio Marco se puso en pie de repente, como para sacudir las ideas; se quedó mirando, sin verla, la luz de su lámpara, roja detrás del cristal de color de leche; hizo un gesto singular con los labios, que chocaron con fuerza y ruido, como dando un beso a la adversidad y a la resignación a un tiempo, y llevando ambas manos a la frente, cual si buscara un medio artificial, mecánico, para pensar como quería, se dijo casi casi como quien se vuelve a una divinidad que se imagina en el cenit, no muy lejos:

—¡Oh! ¡Si yo pudiera... aunque fuese soñando, volver a creer esto mismo que ahora siento... y no creo! ¿Por qué en mí la poesía y el amor son creyentes y no lo es la inteligencia? Si me viera por dentro, ¿vería en mí la Iglesia un enemigo? ¡Ah! Debiera ser yo para ella, como tantos otros, un enfermo, pero un enfermo suyo. ¿Qué tengo yo que ver con el Papa? Y, sin embargo, ¡qué escalofríos me da el frío del Papa! Todo un símbolo tierno y melancólico...

Volvió a sentarse Aurelio Marco en su sillón de cuero, y creyendo oír todavía, a lo lejos, los ayes del clarinete del rey Baltasar, inclinada la cabeza, se quedó dormido.

Había vuelto a los siete años; le llevaba una garrida moza del pueblo de la mano, corriendo, corriendo, haciéndole volar, tocando apenas con los delicados pies el polvo de la carretera; su melena flotante batía sobre sus hombros como unas alas, y le infundía como un soplo en la nuca.

Era de noche, una noche muy clara, helada, de estrellas que parecían acabadas de lavar. La carretera, bien la conocía, era la de Castilla, la de Madrid, la del ancho mundo, la de los ensueños ambiciosos...; por allí se iba a la dicha misteriosa, vaga, pero segura. Y, sin embargo, mirando mejor a los lados, desconocía el camino. A derecha e izquierda edificios sin cuento, todos tristes, solemnes, de piedra; todos sepulcros: aquella inmensa mole parecía el gran monumento fúnebre de Cecilia Metela... Aquella era la carretera de Castilla, y era, *además,* algo así como la Vía Apia.

—¿Adónde vamos? ¿Adónde va tanta gente? ¡A *esperar los Reyes*!

En el corazón y en el pensamiento de Aurelio había los anhelos del niño y la experiencia y la ciencia del adulto.

¿Qué era ir a esperar los Reyes? Nada, un juego, una ilusión; y, con todo, ¡qué alegría!, ¡qué exaltación! Aquel engaño, que no engañaba a nadie, engañaba a todos. Era una imagen, un símbolo de la vida aquella carrera en la noche helada, por la Vía Apia arriba. Viéndose apenas, distinguiéndose mal, como en la vida, donde apenas nos conocemos, la multitud se apresuraba, se disputaba el paso, atropellándose por llegar primero, ¿adónde? A la ilusión. Salían al camino a los *Reyes*... que no habían de encontrar.

—¡Allí vienen! ¡Allí vienen! ¡Aquella luz! —gritaban los de la broma.

Y Aurelio casi los creía, y la carrera se precipitaba. La luz era de una taberna. Allí no había *Reyes*: había borrachos y mujerzuelas, que también preguntaban por los *Reyes*.

—¡Más arriba! ¡Más arriba! ¡Otra luz! ¡Otra taberna! ¡Adelante! ¡Más arriba...! Tumbas, sombras a los lados; estrellas frías y brillantes en el cielo; oscuridad y esperanza enfrente, a lo lejos. ¡Adelante!

La multitud va quedando zaguera; la ilusión ya la

fatiga; las tabernas van tragando por el camino al pueblo que vuelve a la realidad para caer en la ilusión alcohólica sin ideal y de despertar amargo. Aurelio y la moza garrida que le hace volar, llevándole en vilo, llegan a verse solos..., no importa, siguen. El camino hace un recodo en un altozano; el horizonte se ensancha y lo corta con oscuridad simétrica el perfil de un gran templo, de cúpula inmensa. Aurelio se ve solo dentro de la nave cuyas bóvedas se pierden en las sombras de la altura. Por la parte del ábside, el gran templo está en ruinas y deja ver el campo, la montañas y las estrellas; en el altar mayor hay una cuna humilde en un pesebre; del lado del Evangelio hay una cuna de hospital, limpia y pobre; en la cuna gime y tirita de frío un niño de piel de rosas; en la cama humilde tirita un anciano caduco, pálido como cera, de piel transparente, en los huesos.

Las estrellas parecen que envían sobre la cuna y la cama efluvios de hielo. ¡Cuánto frío! ¡Qué desnudez! Una mula y un buey están al lado de la cuna; el buey arroja nubes de vapor de su aliento sobre el niño de la cuna. El anciano, que se muere de frío, de tarde en tarde levanta la cabeza temblorosa y mira hacia la cuna, y sonríe agradecido al buey que calienta con su aliento al niño. El frío hace delirar al anciano, que piensa, con esos consuelos de la pesadilla que huye del dolor: «Mientras él no se hiele, yo no me hielo.»

Aurelio ve que de repente entran en la nave del templo tres personajes vestidos de púrpura y oro, con sendas coronas en la frente; son, como el buey y la mula, figuras de nacimiento de tamaño natural. Bien los conoce: son Baltasar, zapatero y clarinete en la murga del municipio; Melchor, sacristán y figle de la banda; Gaspar, panadero y cornetín. Los Reyes Magos rodean el lecho del anciano. «¡Se muere de frío!», dijo Melchor.

«¡Se hiela en esta noche eterna del mundo sin fe, sin esperanza, sin caridad!» Esto lo dijo Gaspar.

Y Balsatar, suspirando: «Cubrámosle con nuestro manto.»

Y Baltasar entonces echó sobre el Pontífice León XIII, que éste era el anciano del lecho humilde, su manto pesado de púrpura, y Gaspar el suyo, y Melchor el suyo.

El buey, que los veía, dejó un momento al niño y vino también a calentar con su aliento al Papa, que se moría de frío.

Aurelio Marco, de rodillas, sentía la inefable emoción del dolor religioso, de la sumisión piadosa a las despiadadas lecciones del misterio impenetrable y santo. «¡El Niño, en la cuna, *muriendo de frío* al nacer!; ¡el anciano, el Pontífice, sucesor de Pedro, vicario del Niño en la Tierra, muriendo de frío en la extrema vejez!»

El buey, Aurelio lo conocía, era el *buey mudo* disfrazado, Santo Tomás, que con el aliento de su doctrina quería calentar al Papa aterido. Los mantos de los *Reyes* eran: la tradición respetada; las grandezas del mundo que se adherían a la Iglesia para salvar el *capital* de la civilización cristiana; el poder de la herencia de la fe, de la belleza mística...

Todo era en vano; el viejo daba diente con diente.

Los Reyes Magos ya no sabían qué hacer; cómo dar un poco de calor al cuerpo débil que los temblores sacudían.

Miraban al cielo. Por la parte del ábside derruido se veía la bóveda estrellada. Allí estaba, quieta como un ascua de oro, su guía fiel, la estrella de Oriente... pero fría, como todas las demás, indiferente.

—¡Si saliera el sol! ¡Si saliera el sol! —decían los Reyes Magos.

Y arropaban bien, ciñéndole los mantos al triste cuerpo consumido, al Papa, que se moría de frío.

Y el Papa, de tarde en tarde, sonriendo entre los temblores, levantaba la cabeza y miraba hacia la cuna del pesebre, en el altar mayor. En el delirio, cuajado en su cerebro, pensaba:

«Mientras El no se hiele, yo no me hielo.»

Y Melchor, Gaspar y Baltasar, como un coro, repetían:

«¡Si saliera el sol! ¡Si saliera el sol!»

# León Benavides

Un león por armas tengo,
Y Benavides se llama.

TIRSO DE MOLINA
*La prudencia en la mujer.*

Apuesto cualquier cosa a que la mayor parte de los lectores no saben la historia ni el nombre del león del Congreso, el primero que se encuentra conforme se baja por la Carrera de San Jerónimo. Pues, llamar, se llama... León, naturalmente. Pero ¿y el apellido? Cómo se apellida? Se apellida Benavides.

Pero más vale dejarle a él la palabra, y oír su historia tal como él mismo tuvo la amabilidad de contármela, una noche de luna en que yo le contemplaba, encontrándole un no sé qué particular que no tenía su compañero de la izquierda.

«¿Qué tiene ese león de interesante, de solemne, de

noble y melancólico que no tiene el otro; el cual, sin embargo, a la observación superficial, puede parecerle lo mismo absolutamente que éste?»

Hacia la mitad de la frente estaba el misterio; en las arrugas del *entrecejo*. No se sabía cómo, pero allí había una idea que le faltaba al otro; y sólo por aquella diferencia el uno era simbólico, grande, artístico, casi casi religioso, y el otro vulgar, de pacotilla; el uno la patria, el otro patriotería. El uno estaba ungido por la idea sagrada, el otro no. Pero ¿en qué consistía la diferencia escultórica? ¿Qué pliegue había en la frente del uno que faltaba a la del otro?

Y contemplaba yo al león de más arriba, empeñado, con honda simpatía, en arrancarle el secreto. ¡Cuántas veces en el mundo, pensaba, se ven cosas así: dos seres que parecen iguales, vaciados en el mismo molde, y que se distinguen tanto, que son dos mundos bien distantes! El nombre, la forma, cubren a veces bajo apariencias de semejanza, y aun de identidad, las cualidades más diferentes, a veces los elementos contrarios.

Y en estas filosofías me sorprendió una voz metálica, que vibraba a los rayos de la luna como a los del sol vibraba la de aquella famosa estatua egipcia.

Temblorosa, dulce, apagada, saliendo de las fauces de hierro, decía la voz:

«Es una cicatriz. La diferencia que buscas entre mi compañero y yo no está más que en eso: en que yo tengo en la frente una cicatriz. La cicatriz te revela un alma, y por esto te intereso. Gracias. Ya que te has fijado en que yo tengo un espíritu y el otro no, oye mi historia y la historia de esta cicatriz.

Nací en las montañas de León, hace muchos siglos, en los más altos vericuetos que dividen, con agujas de nieve eterna, la tierra leonesa y la tierra asturiana. Yo era de piedra blanca, dura, tersa. Desde mi picacho veía a lo lejos, hacia el nordeste, otras montañas, blanquecinas también, y a fuerza de contemplarlas hundidas como yo, *hundidas* hacia arriba, en los esplendores del cielo azul, llegué a enamorarme de ellas, como el objeto más digno de mis altos pensares. El sol nos iluminaba; de ellas a mí, de mí a ellas, iban y venían resplandores. Se llamaban Covadonga.

Un día, el hierro de un noble montañés me hizo saltar de mi asiento, me arrancó de las entrañas de mi madre, la cima, y abajo en la cañada el tosco instrumento de un vasallo me labró de suerte que del fondo de mi naturaleza berroqueña poco a poco se fue destacando en relieves una figura, y desde entonces tuve un alma, fui una idea, un león. Fui un león rapante en el cuartel de un escudo. De aquellos días acá pasé por cien *avatares*, por metempsicosis sin cuento; pero sin perder la unidad de mi idea, mi idea de león.

Mi idea nació, en rigor, de un equívoco: mi nombre no debiera ser *león*, sino *legión*; porque vengo de *Legio* y no de *Leo*. La ciudad de León, a que debo el ser quien soy, se llama así, como saben todos, por haber sido asiento de cierta legión romana. Pero hay algo superior a la lógica gramatical, y la transformación de *Legio* en *León* quedó justificada por la historia. Los leones fueron leones en la guerra de la Reconquista. Desde mi escudo montañés, donde el cierzo puro de la cañada del puerto me fue ennegreciendo con la pátina del tiempo noble, bajé con los Benavides, cuyo orgullo era, cuyas hazañas inspiraba, a los llanos de Castilla, y corrí por Extremadura y Portugal, y hasta puse la garra en tierra de Andalucía. En matrimonios por amor y en matrimonios por razón de Estado, vime enlazado muchas veces, en los cuarteles de los escudos, con águilas y castillos, y cabezas cortadas, y barras y pendones. Unas veces fui de piedra, otras de hierro, de plata y oro a veces también; y ora corrí los campos de batalla, flotando al aire en el bordado relieve de una enseña, ya saltando sobre el pecho de un noble caballero, o de una hermosa castellana en la caza, imagen de la guerra.

Mas un día quise probar fortuna en la vida real, dejar de ser símbolo y tener sangre... y convertirme en león verdadero, con garras y dientes, por tener el honor de que me venciera Mío Cid, Rodrigo de Vivar, el que ganó a Valencia.

Pasaron siglos y siglos, y de una en otra transformación llegué a verme hecho hombre, mas sin dejar mi naturaleza leonina.

Y en mi encarnación humana quise nacer donde había nacido como piedra, y fui leonés de la montaña, y al bautizarme llamáronme León, y mis padres eran de apellido Benavides. Pero Benavides pobres; nobles olvidados que trabajaban el terruño como sus antiguos siervos.

En mi aldea, como Pizarro en la suya, fui el terror de mis convecinos, pues desde muy tierna edad comencé a obrar como quien era, a hacer de las mías, *leonadas,* cosas de fiera. Valga la verdad... desde chico vertí sangre; pero fue defendiendo mi dignidad o la justicia del débil, y luchando siempre, como el Cid mi vencedor, con quince y más enemigos.

Me llamaban *Malospelos,* porque los tenía tales que crecían como selva enmarañada, crespos y abundantes, de tal forma que en la fortísima cabeza no se me tenía gorra ni sombrero, que me sofocaban como si fueran yugo.

En las romerías hacía yo grandes estragos, mis hazañas mayores... Yo no quería mal a nadie, ni siquiera a los montañeses del otro lado de los puertos, con quien los de mi pueblo andaban en guerra en tales romerías... No aborrecía a nadie... pero el amor, el vino, todo se me convertía a mí en batalla. Los ojos de las zagalas morenas y pensativas de mi montaña leonesa me pedían hazañas, sangre de vencidos... La voluptuosidad para mí tenía como un acompañamiento musical en el esfuerzo heroico, en la temeridad cruenta. Y después, como el diablo lo añasca, siempre se me ponían entre las manos huesos frágiles, músculos fofos... No sabían resistirme... Sabían irritarme y no sabían vencerme. Nadie me tenía por malo, aunque todos me temían; y entre bendiciones y llantos de zagalas, viejos y niños..., acabé por salir del pueblo, camino del presidio. Tenía veinte años.

Por hazañas inauditas, por esfuerzos heroicos; salvando a un pueblo entero a costa de sangre mía —poca y casi negra— vime libre de cadenas y convertido en soldado. En la guerra bien me iba; ¡pero la paz era horrible! Había una cosa que se llamaba la disciplina, que en la guerra era un acicate que animaba, que confortaba, y en la paz como el hierro ardiente del domador, que horroriza y humilla y hasta acobarda, y agria y empequeñece el mismo carácter de los leones, que ya se sabe que por sí son nobles.

¡Lo que me hizo padecer un cabo chiquito, que olía a mala mujer, y se atusaba mucho; muy orgulloso porque sabía la letra! ¡Lo que me hizo padecer por causa de los pícaros botones, que todos los días me estallaban sobre el pecho! A mí el pecho se me ensanchaba como por milagro; respiraba fuerte, como una fragua y... ¡zas!, allá iba un botón; y el cabo allí enfrente, debajo de mi barba, insultándome, sacudiéndome: "¡Torpe!, ¡haragán!, ¡mal recluta!" ¿Y la gorra de cuartel? No me cabía en la cabeza. Cada vez que entraba en fuego, la gorra, el ros o lo que fuese, me saltaba del cráneo, porque de repente la melena me crecía, se enmarañaba... ¡qué sé yo! No podía llevar nada sobre las sienes. ¡Y qué disgustos! ¡Qué humillaciones por esto! En la acción yo era el más bravo; pero en el cuartel siempre estaba bajo el rigor de un castigo; pasaba arrestado la vida...

Por fin, en una campaña terrible, en que morían los nuestros como si fueran moscas, y morían sin compasión, descuartizados... yo me volví lo que era, una fiera loca. Y no sé lo que hice, pero debió ser tremendo. En el campo de batalla, a mis solas, rodeado de enemigos, me convertí en lo que fui en tiempos del Cid..., pero aquí el Cid era yo; vencí, deshice, magullé, me bañé en sangre... hasta hinqué los dientes... era león para algo. Después se habló de mi heroísmo, de la victoria que se me debía..., pero me vendió la sangre que me brotaba de la boca. ¿Era una herida? No. La sangre no era mía. Parece ser que entre los colmillos me encontraron carne. La cosa estaba clara; caso de canibalismo... ¡qué se diría! No había precedente... pero por analogía... El honor, la disciplina... *la causa de la civilización...* también estaba sangrando. Se formó el cuadro, dispararon mis compañeros, los mismos a quienes yo había salvado la vida. Y caí redondo. No me tocó más que una bala, pero bastó aquélla, me dio en mitad de la frente. Me enterraron como un recluta rebelde, y resucité león de metal, para no volver más a la vida de la carne. Aquella bala me mató para siempre. Ya jamás dejaré esta figura de esfinge irritada, a quien el misterio del destino no da la calma, sino la cólera cristalizada en el silencio. Esta cicatriz tiene tanto de cicatriz como de idea fija.»

Calló el león, y con desdén supremo, volvió un poco la cabeza para mirar a su compañero de más abajo, el león sin cicatriz, vulgarmente arrogante, insustancial, cómico, plebeyo.

«Yo —concluyó Benavides—, soy el león dc la guerra, el de la historia, el de la cicatriz. Soy noble..., pero soy una fiera. Ese otro es el león... parlamentario; el de los simulacros.»

# Indice